AF277435

Wolfgang Hegewald – **Senf zum Dessert**

Wolfgang Hegewald

Senf zum Dessert

Fast ein Heimatroman

Mit einem Nachwort von
Katja Lange-Müller

Palm**Art**Press
Berlin

Wozu etwas kunstvoll ausarbeiten,
was nach seinem ganzen Wesen so kurzlebig ist
wie ein modernes Buch?

HERMAN MELVILLE

Ich will gar nichts mehr, ich will anfangen zu spielen.

GÜNTER EICH

STABILE SEITENLAGE

Wer mich kennt, weiß, dass ich mich gern beherrsche. Solange die Vorräte reichen. Aber fassungslos, und sei es nur für einen Augenblick, bleibt auch der hellsten Birne ein Blackout nicht erspart. Eine Erfahrung, die man bald nicht mehr missen möchte.

An einem Montag, 11:36 Uhr, stand die Fee plötzlich neben meinem Schreibtisch, einen Schritt hinter mir. Wie sie in die Wohnung gelangt ist, habe ich nie herausgefunden. Aber ob Begriffe wie *Hausfriedensbruch* oder *Privatsphäre* einer Fee überhaupt etwas bedeuten, steht dahin.

Ich war nüchtern, auch 11:37 Uhr noch; aber es gab keinen Zeugen dafür. Die Oberfläche meines Bewusstseins kräuselte sich, verschwommene Gedanken spielten Dünung. Zum ersten Mal seit Jahrzehnten kam mir, warum auch immer, die Vokabel *Löschpapier* in den Sinn.

Die Gerüchte kursierten seit einiger Zeit. Dass übergriffige Feen mit Fangfragen unterwegs seien. Wer wen, oder so. Ich nahm die Warnungen nicht ernst.

Die Fee war weder alt noch jung, aber stark tätowiert. Die übliche Camouflage. Und sie roch nach meiner Grundschullehrerin, Fräulein Krah. Rückstände getrockneten leninistischen Gesinnungsschweißes, flüchtige Ostfürze, Schönschrift mit feinherben BDM-Noten. Ein olfaktorischer Archetyp, gegen den in der besten Kinderstube kein Kraut gewachsen war.

Beim Anblick der Fee fiel mir ein, was ich einst auswendig lernen musste: *Morgenstunde schützt vor Torheit nicht.*

Wer den Schaden hat, lacht am besten. Alter hat Gold im Munde. Aber es half mir nichts.

Fräulein Krah schärfte übrigens frühzeitig meinen Sinn für die Abgründe des Erfolges. Wer in der Klasse 1b, zu der ich seither gehöre, bis zum heutigen Tag, eine besonders gute Leistung vollbracht hatte, wurde von Fräulein Krah nach vorn zitiert und durfte zwei Minuten auf ihrem Schoß sitzen. Eine frühe Lektion, was es mit der *Einsicht in die Notwendigkeit* auf sich hat. Wir Erstklässler sprachen vom *Quallenritt* oder der *Quallenschaukel*. Aber das habe ich schon so oft am Stammtisch erzählt, dass es vermutlich niemand mehr hören mag.

Die Fee räusperte sich.

Zweimal werde ich mich nicht räuspern, sagte die Fee. Es klang nach einem rituellen Einschüchterungsversuch.

Ich hob den Kopf und sah die Fee an. Sie war schlampig rasiert. Ein von gelungener Feenhaftigkeit noch weit entfernter Figurenentwurf aus einem Basiskurs Marchenbuchillustration.

Jetzt räusperte ich mich, um mein in mir aufsteigendes Lachen zu vertuschen.

Bevor ich dir, Wolfgang Hegewald, die eine viel oder alles entscheidende Frage stelle, noch diese Erkundigung, für das Protokoll, das man von mir erwartet.

Die Stimme der Fee war von suggestiver Vulgarität, teils Sirene, teils Fischauktion.

Gibst du zu, dass du bei Sinnen bist?

Gestehst du, dass du jetzt nicht träumst?

Ob die Fee mein schwaches Nicken überhaupt registrierte, schwer zu sagen.

Nun, fuhr die Fee fort, werde ich dir die Frage an sich stellen. Du hast drei Minuten Bedenkzeit. Gegen die Antwort ist keine Revision zulässig.

Ich schwieg still. Meine Neugier wog die Furcht bei weitem auf.

Vor die Wahl gestellt, Wolfgang Hegewald, die Stimme der ungepflegten Fee räkelte sich lasziv unter der Gaumenkuppel, lesen ODER schreiben, wie würdest du dich entscheiden?

Ich stand auf und verpasste der Fee, die mir gerade bis zur Schulter reichte, einen Fausthieb, präzise an die Kinnspitze. Und als sie schon torkelte gleich noch einen Leberhaken. Die Fee verlor das Bewusstsein und fiel weich, denn vor meinem Schreibtisch liegt ein Teppich. Ich staunte, wie gut die ornamentalen Tattoos ihrer schlaff vom Körper abgewinkelten Unterarme mit dem Muster des Persers harmonierten.

Ich beugte mich hinab. Die Fee atmete flach, aber regelmäßig. Ich brachte sie in eine stabile Seitenlage.

Dann begann ich mich zu freuen, dass ich, einer von Fräulein Krahs Schülern aus der 1b, um eine Antwort nicht verlegen gewesen war.

Worüber ich zuerst selber erschrocken bin, war, wie rasch ein mir bis dahin völlig fremder Stolz in meine naive Freude einsickerte, von der Grundschule an etwas fürs Leben gelernt zu haben.

Was für eine Schlagkraft, wiewohl mir keine Sportart so fern lag wie das Boxen.

Was für eine pointierte Treffsicherheit.

Was für eine Verbindung von Wucht und Anmut bei dem Leberhaken.

Ich schaute verblüfft auf meine schmalen Hände. Sie waren bei ihrem phänomenalen Einsatz über sich selbst hinausgewachsen.

Leider war ich allein. Niemand, der meine mythische Leistung, meinen intuitiven Sieg bezeugen konnte.

So wenig, wie mir jemand zu attestieren vermochte, dass ich seit 11:36 Uhr nüchtern war.

Glaubt mir, oder lasst es bleiben.

Für Katja Lange-Müller

Heissblütig

Ich habe schlecht geschlafen.

Die Fee brachte mich allmählich in Verlegenheit, wie sie so reglos auf dem zertifizierten Perser neben meinem Schreibtisch lag. Die Bewusstlosigkeit stand ihr; die Ohnmächtige wirkte entspannt und zufrieden. Mit meiner virtuosen Schlagtechnik hatte ich sie in ein Kunstkoma befördert. Spürte ich da leisen Neid in mir?

Bald begann ich mir Sorgen zu machen. Über den Stoffwechsel einer Fee wusste ich faktisch nichts. Ich stellte der Fee ein Schälchen Milchreis (ein mir schon vor meiner Einschulung und dem ersten *Quallenritt* mit Fräulein Krah verhasstes Zwangsgericht) und ein Glas Barmbeker Leitungswasser hin.

Aber womöglich war der ästhetische Einklang von Tattoo und Teppich ein Hinweis, dass es sich bei dem Gelände vor und neben meinem Schreibtisch um ein ideales Biotop für Außeralltägliche handelte, um Feenhumus?

Viel früher als sonst brach ich zu einem Spaziergang auf.

Wie sollte ich neben einer ohnmächtigen Fee am Schreibtisch einen klaren Gedanken fassen? Darüber wollte ich beim Gehen nachdenken.

Bis zum *Sportwagen Service Hamburg* sind es nur wenige Schritte.

Was ich dort sah, entzückte mich. Und es lenkte mich für eine Weile von meinem Dilemma ab.

Vor dem bodentiefen Schaufenster, das einen Blick auf rassige Oldtimer erlaubte, die mit ihrer asozialen

Unverschämtheit prahlten, saß ein Hase und starrte unverwandt auf einen *Jaguar.*

Ich verstand sofort, was in dem Hasen vorging, der von mir gar keine Notiz nahm: Einmal im Leben wollte der Hase ein Jaguar sein.

Ich schloss den Hasen, in Wahrheit wohl nichts weiter als ein heißblütiges, aufgeplustertes Kaninchen, ins Herz und ging weiter.

HERR KAPP-GRASS VON NEBENAN

Schon in meiner Kindheit war der Westen meine Lieblings-himmelsrichtung.

Später brachte ich es immerhin zu einem Westbalkon.

Von dort ging der Blick auf eine dieser typischen Barmbeker Wohnzeilen aus den Sechzigern. Manchmal, wenn die Zeit reif oder uns danach zumute war, sprachen wir von unserem dynamischen Adventskalender. Im Unterschied zu den Luken der vorweihnachtlichen Miniaturfassade hatten wir es gegenüber mit achtundvierzig Fenstern zu tun, von den Treppenhäusern einmal abgesehen, und sie öffneten und schlossen sich so unberechenbar, dass es uns entzückte.

Für die Bewohner war, worauf wir schauten, der pure Osten, die Seite von Küche, Dusche und Notdurft. Eng und stickig. So stellte ich es mir vor.

Abends, etwa ab zehn, ereignete sich an unserer Westfront, was wir gern *das Duschballett* nannten.

Ein Simultanspektakel über mehrere Stunden und Etagen hinweg. Hinter Milchglas, hinter Klarglas, hinter raffinierten Jalousien. Solistisch, paarweise.

Nach Sonnenuntergang sind bei uns, auch im Westen, die Abwechslungen rar, und so wurde es uns zu einem lieben Zeitvertreib, zu betrachten, was die Nachbarn hinter Glas probten. Mal frappierte, mal amüsierte, mal langweilte uns, was wir da zu sehen bekamen.

Im Laufe der Jahre legten wir, nur zum Hausgebrauch, einen Katalog der Duschstile an. Unsere Motive waren streng ästhetisch. Einen Voyeurismus ohne Erkenntnis-interesse lehnten wir ab, privat sowieso.

Er sprach mich an einem Nachmittag im Spätsommer auf der Straße an, ein Mann aus dem Nachbarhaus.

Kapp-Grass, stellte er sich vor.

Was für eine kühne Kombination, schoss es mir durch den Kopf.

Ludger Kapp-Grass.

Es mag verrückt klingen, aber mein zweiter Gedanke lautete, falls ich mich recht erinnere: Dieser hagere Mittvierziger mit Rennrad ist der Duschexpressionist von Fenster vierzehn. Ekstatische Körperpflegeakrobatik, drei Mal täglich, vom Milchglas weichgezeichnet.

Er habe seinen Sohn gebeten, ihm eine Schusswaffe zu besorgen, sagte mir der Nachbar ohne Umschweife.

Wie ich ihn nach dieser Auskunft ansah, veranlasste den Duschexzentriker zu der Bemerkung: Er habe Vertrauen zu mir. Er musterte mich während dieses ebenso rätsel- wie schmeichelhaften Bekenntnisses mit einem Blick, dass ich mir für einen Moment selbst unheimlich wurde.

Bis er bewaffnet sei und sich selbst verteidigen könne, schließe er sich nachts allein in seinem Schlafzimmer ein. Die falsche Alte möge zusehen, wo sie bleibe.

Seit etwa sechs Wochen sei er sich sicher, sagte Herr Kapp-Grass, dass seine Frau durch eine Doppelgängerin ausgetauscht worden sei.

Dann stieg er auf sein Rennrad und entfernte sich in Richtung Elsastraße. Gen Westen!

Ich grübelte noch eine Weile, ob jemand, dem nichts weiter als eine monothematische Illusion zu schaffen machte, wie Herrn Ludger Kapp-Grass, als glückliche Person gelten könnte.

Seitenwechsel

Seltener Besuch auf dem Balkon, Mitte Januar: Ein Gimpel und seine Frau ließen sich die mumifizierten Zieräpfel schmecken, die sich am kahlen Holz hielten.

Ich konnte mich an dem Vogelfrühstück kaum sattsehen. Winterlicht nistete sich im roten Bauch- und Brustgefieder des Männchens ein und brachte es zum Leuchten.

Die Balkontür stand einen Spaltbreit offen. Ich bewegte mich nicht und pfiff leise ein paar Flüche und andere Lieblingsmelodien vor mich hin. Ohne zu zögern stimmte das Gimpelpaar ein. Hausmusik, a cappella.

Guten Appetit, liebe Dompfaffs, flüsterte ich und erntete sofort scheele Vogelblicke.

Mit dieser Anrede hatte ich es mir wohl verscherzt. Das Paar flog Richtung Sophienkirche davon; vielleicht suchte es im Garten der letzten Dominikanerbrüder Deckung.

Bullfinch, grollte ich.

Dass sie mich verpfiffen, fürchtete ich nicht. Aber sie hätten mir gern noch ein bisschen Gesellschaft leisten können.

Nun schloss ich die Balkontür und schlenderte hinüber zu meinem Arbeitszimmer, ängstlich und aufgekratzt zugleich.

Die Fee lag immer noch dekorativ, mit abgewinkelten Armen und angezogenen Beinen, auf dem Teppich; aber sie hatte die Seite gewechselt. Sie musste einmal bei Bewusstsein gewesen sein und es dann wieder verloren haben. Autosuggestion? Unachtsamkeit?

Den Milchreis hatte sie nicht angerührt. Ich empfand deshalb wider Willen für einen Moment Sympathie für die

Penetrante, die mit ihrer schrecklichen Frage in mein Leben eingebrochen ist. Vom Wasser mochte ein Schlückchen fehlen.

Um die Fee herum wirkte mein Teppich, ich bemerkte es erst auf den zweiten Blick wegen meiner legendären Augenblödigkeit, wie von Pulverschnee bedeckt. Feinstes Papiergestöber. Ein Niederschlag von Mikrokonfetti.

Dann entdeckte ich meine Zeitung, filigran perforiert. Die Fee fraß, sobald ich ihr den Rücken zuwandte, meine Frankfurter!

Und auch dabei war sie noch wählerisch. *Wirtschaft* und *Finanzen* beinah unleserlich. *Natur und Wissenschaft* unberührt. *Feuilleton* fehlte ganz.

Meine Zeitung – Lebensmittel und Narkotikum zugleich.

Deutsch-Südwest

Westlich unseres Hauses und südlich des *Adventskalenders* befindet sich ein heruntergekommenes Gebäude, verwahrlostes Wohnheim oder aufgemotzte Baracke. Das Geäst, oder, im Sommer, das Laubwerk einer Robinie besänftigt die Aussicht kaum.

Ein Massenquartier für Saisonarbeiter, heißt es. Manchmal fährt plötzlich laute Musik aus den Fenstern, die nach folkloristischer Mobilmachung klingt, und sie erlischt so unvermittelt wieder, wie sie begonnen hat.

Seit einiger Zeit sind an diesem Gebäude Bauarbeiten im Gange. Es wird renoviert und aufgestockt.

Der Arbeitsrhythmus gibt uns zu denken. Mal erscheint die kleine Kolonne, die sich an dem Gebäude zu schaffen macht, im Morgengrauen und verschwindet kurz nach halb acht wieder. Oder sie rückt in der Abenddämmerung an. Dann wieder ruht die Baustelle über Wochen.

Die Langeweile treibt in unserem Haus merkwürdige Blüten. Wir schauen den Arbeitern auf den Gerüsten zu und schließen zum Zeitvertreib Ethnowetten ab.

Sind es Moldawier? Kosovaren? Montenegriner?

Ich staune nicht schlecht, zu was für Einsätzen manche Hausgenossen sich hinreißen lassen.

Auf unserem Flachdach hatten vor etlichen Jahren Albaner über Nacht ihre Zelte aufgeschlagen. Im Auftrag einer ominösen Macht ritzten und schlitzten sie die Dachhaut auf. Dann verschwanden sie für längere Zeit.

Wenn es regnete, ergossen sich Sturzbäche durch unser Treppenhaus.

Hausputz auf die harte Tour. Hat jungen Eigentümern noch nie geschadet, kommentierte die Hausverwaltung damals, was geschah.

Jetzt stehen der Ausbau und die Sanierung des Mehrzweckgebäudes in Deutsch-Südwest kurz vor dem Abschluss.

Es wurde und wird viel gemunkelt, wofür das Gebäude bestimmt sei.

Eine Vermutung will nicht verstummen: Dass im Souterrain Schlacht- und Milchratten gehalten werden sollen. Darüber die Unterkünfte für das Personal.

Urban Farming.

Bei freier Kost und Logis.

ZWEIFEL ZWEIFEL

Gimpelähnliche flattern unruhig über unserem Balkon, fintenreich und akrobatisch. Manchmal täuschen sie eine Landung auf dem Zierapfelbäumchen an, zu der es aber nie kommt. Die Flugbahnen des Paares ziehen wirre Linien durch den Luftraum über unserem Sommerzimmer. Krakel, sich verdichtende Schraffuren. Eine nach Applaus verlangende Performance. Skizzen für ein potentielles Nest. Flüchtig hingeworfen, auf wintergrauem Grund.

Je länger ich hinschaue, desto weniger weiß ich, was sich da gerade vor meinen Augen ereignet.

Ein Balzen, ein Turteln?

Oder sind es als Gimpel getarnte Zwitschermaschinen, die unseren Balkon ausspähen?

Dem Hörensagen nach hat man in jüngster Zeit gelegentlich gefiederte Drohnen in unserer Gegend beobachtet.

Ich seufze, aber das tut nichts zur Sache.

Dann wende ich den Blick vom Balkon ab und sehe hinüber zum Klavier.

Es ist verstimmt.

Es ist verstimmt und lässt uns seinen Missmut, diskret, aber unüberhörbar, spüren.

Falls ich diese Verstimmung richtig deute, so artikuliert sich in ihr eine existentielle Unzufriedenheit: Das Klavier leidet an und unter dem Umstand, dass auf ihm zu viel geübt und zu wenig gespielt werde. Eine reine Spekulation von mir.

Ich habe Verständnis für diese leise anklingende Melancholie und nutze die Gelegenheit, um mich bei dem Klavier zu bedanken, dass es weder eine Kommode noch eine Truhe geworden ist.

Selbstverständlich ist gar nichts.

Aber so überschäumend und heftig, dass ich das Klavier vor Dankbarkeit, dass es nichts anderes als sich selbst verkörpert, gleich küsse, ist meine Freude nun auch wieder nicht.

Es hätte schlimmer kommen können. Mehr meine ich nicht.

Wo wir schon einmal bei unseren Möbeln sind: Bei den Gerüchten, wir seien scharf auf einen zweiten Rokokosekretär, handelt es sich um üble Nachrede.

Dies nur für das Protokoll. Für den Fall, dass die Zwitschermaschinen meine Gedanken mitgeschnitten haben.

HOHLSAUM

Da liegt sie, die Fee, und ich kann mich an ihrem Anblick kaum sattsehen. Auch wenn diese scheinbar völlig in Wellness und Meditation versunkene, lässig hingestreckte Gestalt meinem Arbeitszimmer leicht einen Stich ins Idyllische, oder, wegen der Tattoos, Dekorative gibt. Wie weit darf ich meiner Behauptung trauen, ich sähe es der Fee an, dass ihr nichts fehle? Puls, Atmung – solche medizinischen Begriffe treffen für eine literarische Fee nicht zu, vermute ich. Und wer etwas über die Vitalfunktionen einer solchen Parairdischen herauszufinden versucht, macht sich vor allem lächerlich.

Auf dem Teppich entdecke ich ein kleines Archipel; zierliche Inseln aus Zeitungspapierneuschnee, pulverfein.

Als ich auf die Idee komme, es damit zu probieren, ob die Fee auf Vokalstärke und Assonanzen, auf Selbstlautleuchtkraft und Silbenakkorde anspricht, zögere ich nicht lange.

Ich setze mich an meinen Schreibtisch und öffne den Mund.

ULTRAMONTAN

AQUAMARIN

Während ich spreche, fixiere ich die Fee genau.

ISLANDMOHN

AZORENHOCH

Da schlägt die Fee die Augen auf. Sie sind mitternachtsblau und schimmern utopisch, betörend blöde, lasziv und leer.

Und aus der Tiefe der literarischen Fee steigt ein Wort auf, dessen nobles Aroma mich sofort einlullt.

MAHAGONI
Ich falle in einen Sekundenschlaf, und beim Aufwachen höre ich mich flüstern.

PAPAGENO
HOHLSAUM
Die Fee kichert, zwinkert ein paar Mal und kehrt in die stabile Seitenlage zurück.

Die Bewegungen der Augenlider erzeugen ein Geräusch, das mich an verhaltenen Applaus erinnert.

OSCHBERT TOBT

Oschbert Edler vom Osten hat in meiner Frankfurter ein Pamphlet veröffentlicht, dessen Lektüre mich sofort in polemische Festtagslaune versetzt hat. Im Feuilleton, freitags, auf Seite 13.

Identitärer bullshit! Ich reibe mir schon in Vorfreude die Hände, wenn ich an meine schöne Aufgabe denke.

Oschfried ruft sich in seinem Manifest zum Generalankläger des Westens und Pflichtverteidiger aller vom Osten aus. Das Mandat hat er sich selbst erteilt. Oschatz tobt. Alle Niedertracht, jeglicher medialer Dünkel, jede Art von ökonomischer oder kultureller Gemeinheit, die die vom Osten, chronisch und strukturell, erleiden und erdulden müssten, geht vom Westen aus; so ist Oschlands ganzseitiger rhetorischer Tobsuchtsanfall schon perfekt zusammengefasst. Monothematisch. Öde. Schaumkronen der Wiederholung. Bei gleichbleibender Windstärke der Empörung.

Stark benachteiligt – natürlich vom Westen! – allen voran die Gruppe ostdeutscher Männer der Jahrgänge 1945–1975, lese ich bei Oschmann.

Spätestens als ich registriere, dass Oschfried Edler vom Osten auch in meinem Namen zu sprechen vorgibt, beschließe ich, einen Leserbrief zu schreiben.

Schon muss ich den inneren Jubel bezähmen, der in mir aufsteigt bei der Vorstellung, dass der Polemiker – also ich in meinem Leserbrief – sich seinen Gegenstand zärtlich zurichtet wie der Kannibale den Säugling. Was für eine herrliche Empfehlung eines älteren Kollegen.

Schon steht mir deutlich vor Augen, wie mein Leserbrief enden soll: Mit dem Hinweis, dass sich Rumpelstilzchen zum Schluss vor Wut selber zerrissen hat. Der sich ewig zu kurz gekommen Wähnende ruht und rastet nicht, bis die Selbstfetzen fliegen. Grandioses Finale eines Negativ-Identitären!

Hoch gestimmt betrete ich mein Arbeitszimmer. An den Anblick der Fee neben meinem Schreibtisch habe ich mich inzwischen gewöhnt.

Von der gesamten Freitagsausgabe meiner Frankfurter – ein opulentes Menü für alle Feinschmecker – hat die Fee, wählerisch wie sie ist, nur Seite 13 gefressen und als Papiermehl wieder ausgeschieden, wo sich gerade noch Oschland Edler vom Osten ausgetobt hat.

Zufall, Vorsatz oder Geschmacksurteil – war die literarische Fee womöglich eifersüchtig, weil sie in einem Leserbrief nicht vorgekommen wäre? Und hat deshalb den identitären Brei hinuntergewürgt? Den Quatsch ohne Soße?

Oder wollte mir der sich als Fee gerierende ungebetene Gast eins auswischen, weil ich seinen Märchenkumpel Rumpelstilzchen beinah verächtlich gemacht hätte?

REISEDIENST CHAMÄLEON

Es läutete an meiner Wohnungstür, so ungeduldig und stürmisch wie schon lange nicht mehr. Ein dreister Einbruchsversuch am helllichten Tage oder eine nicht mehr zu bändigende Vorfreude, mich wiederzusehen; schwer zu sagen.

Ich öffnete.

Drei Männer experimentierten mit einem einschüchternden Grinsen und traten unruhig von einem Bein aufs andere.

Nicht dass sie ihre Notdurft bei mir verrichten wollten! Das war, nach den Spekulationen über die Motive der Einlassbegehrenden, mein zweiter panischer Gedanke.

Eine merkwürdige Leblosigkeit in den Zügen der drei Fremden hintertrieb die mimischen Mühen, Frohsinn und Zuversicht auszudrücken. Etwas Einbalsamiertes, Aufgespritztes, Teilmumifiziertes; dilettantisch Reanimierte, die aus einem Wachsfigurenkabinett ausgebrochen waren.

Einer öffnete den Mund und wollte mir mit seinen frechen Zahnlücken imponieren.

Sie kämen vom *Klub der Fröhlichen und Schlagfertigen*, eröffnete mir der Gebisskrüppel. Aber keine Sorge, in diesen Klub gelange man nur auf Empfehlung mehrerer Mitglieder hin, und da sehe er für mich wenig Chancen.

Nicht um Mitglieder zu rekrutieren, sondern im Auftrag des Reisedienstes *Chamäleon* seien sie in Barmbek-Süd unterwegs. Klub und Reisedienst kooperierten seit jeher eng.

Einer boxte dem Frontzahninvaliden in die Seite, und er kam zur Sache.

Heute sei bekanntlich Montag, und fast jeder wisse, dass übermorgen, verkehrstechnisch prima angebunden, ein Krieg beginne. Und der Reisedienst Chamäleon biete noch einige wenige, sehr begehrte bombensichere Logenplätze an, all inclusive.

Während ich gegen meine Schwindelgefühle wegen der Offerte der Kriegstourismushausierer ankämpfte, glitt plötzlich ein Schatten über die wächsernen Visagen der Drei. Einer pfiff leise, und der Spuk war vorbei.

War etwa die Fee, von dem Läuten geweckt, hinter meinem Rücken vorübergegangen und hatte allein durch ihre Erscheinung die Reisedienstboten vertrieben?

Oder glomm in diesem Moment ein alter Aberglaube in mir auf, der es einer märchenhaften Gebieterin über Lesen und Schreiben zutraute, die Agenten des *Klubs der Fröhlichen und Schlagfertigen (KdFuS)* Hals über Kopf das Weite suchen zu lassen?

Ich drehte mich rasch um.

Da war niemand.

Die Fee lag entspannt gelöst auf dem Perser neben meinem Schreibtisch, ein Inbild friedlicher Entrückung. Ein Winteridyll mit Kunstschnee.

Vom Geschlecht der Messer

Mit meinen Fremdsprachen ist es nie weit her gewesen.

Deshalb schenkte ich dem Getuschel in meinem Besteck-schubfach in der Küche auch lange keine Beachtung, weil ich vermutete, ich würde ohnehin nichts verstehen. Und der Gedanke, mich mit meinem schäbigen Englisch bei den Löffeln, Messern und Gabeln anzubiedern, lag mir fern.

Dass in der Schublade überhaupt geflüstert, geklappert und geflucht wurde, gab mir eine Weile zu denken.

Wurde ich gerade Ohrenzeuge einer unerhörten Emanzi-pationsgeschichte oder verlor ich den Verstand?

Hatte die sprachliche Erweckungsbewegung meines Bestecks etwas mit der Anwesenheit der Literaturfee zu tun?

Unterschätzte ich die magischen Kräfte der tiefenent-spannt, wunschlos und scheintot neben meinem Schreib-tisch Liegenden? Täuschte mich das Inbild der reinen Innerlichkeit, des Glücks der Ohnmacht?

Und plötzlich horchte ich auf. Auf einmal trieben in dem metallischen Gemurmel aus dem Besteckfach Phrasen und Versatzstücke vorüber, die ich aufschnappte und verstehen konnte. Man sprach Deutsch! Ein oft spitzes und scharfes Deutsch, aber eben Deutsch.

Was mir da zu Ohren kam, waren nicht weniger als Bruchstücke aus dem Plan einer existenziellen Revolte, einer sexuellen Revolution mit den Waffen der Grammatik.

Die stolzen, abenteuerlustigen Gabeln begehrten, mas-kulin zu werden. Und die sanft geschwungenen Löffel forderten mit schwappenden und klatschenden Parolen, die Welt möge endlich ihre Weiblichkeit anerkennen. Das liquide Selbstbewusstsein beeindruckte mich schwer.

Nur das uralte Geschlecht der Messer war von dem Umstand, seit Jahrhunderten sein Dasein im Neutrum zu fristen, derart paralysiert, dass es mit seinem Los nicht haderte.

Nie zuvor hatte mir der grammatische Sadismus meiner Muttersprache so deutlich vor Augen gestanden, der willkürlich und boshaft Dinge, die nur beflissen und zutraulich ihren Dienst in der Welt verrichten möchten, in ein Geschlecht zwingt und dort fixiert.

Die Gabel! Das Messer! Der Löffel!

Die Hybris einer ominösen sprachpolitischen Diktatur. Zwangskollektivierung in einem Geschlecht, das kein Gabel und keine Löffel je gewählt haben.

Bald begriff ich, dass ich in einer Zwickmühle steckte.

Wenn ich versuchte, mein Besteck, namentlich Gabeln und Löffel, aber auch die indifferenten Messer, nicht länger sprachlich zu beleidigen und zu kränken, fand ich mich in einem Bezirk rhetorischer Infantilität vor.

Gabel aus der Spülmaschine war noch schmutzig.

Du hast Löffel vergessen (Singular!).

Unterliefen mir Rückfälle in alte Sprechgewohnheiten, erlebte ich mitunter böse Überraschungen.

Der falsch angeredete Gabel täuschte einen Stich ins – politisch auch längst nicht mehr korrekte – Rinderfilet an, um unversehens tückisch mit seinen Zinken auf meinen Handrücken zu zielen. Ein nicht ganz so unzeitgemäßer Rehrücken statt des fatalen Rinderfilets hätte an der Niedertracht des Gabels mir gegenüber nichts geändert. So wenig wie das Bekenntnis, dass ich weder einen die Stadt mit Feinstaub verpestenden Kamin noch ein Auto besäße.

Oder die in ihrer geschlechtlichen Selbstbestimmung durch meine Sprachschlampigkeit diskriminierte Löffel lud sich vor Wut elektrisch auf und versetzte erst meiner Hand und dann der Suppe einen solchen Schlag, dass es nur so spritzte.

Mein Arbeitszimmer und die Küche trennt nichts als eine sehr hellhörige Leichtbauwand.

Manchmal dringt, nach einer gegen mich gerichteten Besteckattacke, ein Höllengelächter zu mir hinüber, wenn ich am Schreibtisch über einer Silbe brüte.

Ich ignoriere es, so gut ich es vermag.

Ich möchte nicht sehen, wie sich die Fee, Gebieterin über Lesen und Schreiben, auf dem Teppich neben meinem Schreibtisch wälzt und vor Schadenfreude ausschüttet.

Niemand hat die Absicht,
die doppelstämmige Robinie zu fällen

An einem Montag, morgens kurz nach sieben, walzte ein Bagger unangemeldet die Grenze unseres Grundstücks nieder und begann über dem Wurzelwerk unserer Robinie zu wüten.

Der Überfall ereignete sich von der Baustelle im Südwesten her, wo in raffinierter Unregelmäßigkeit Arbeitstrupps aus Albanien oder Transnistrien ein marodes Haus aufstockten und sanierten. Gewerberäume und ein Nachtasyl für Saison- und Wanderarbeiter, dem Anschein nach.

In der näheren Umgebung wollten die Gerüchte nicht verstummen, dass im Souterrain eine industrielle Mastanlage für Milch- und Fleischratten geplant sei.

Der Bagger legte, hektisch operierend und unter aggressivem Gefuchtel seiner Schaufel, die Südflanke des Gebäudes frei, damit sie isoliert und abgedichtet würde. Unser Grundstück verwandelte sich in ein Schlachtfeld und eine mehrgipflige Hügellandschaft, denn der Bagger kippte den Aushub auf unser Territorium.

Wir, noch im Nachthemd oder Schlafanzug, starrten fassungslos auf das, was vor unseren Augen geschah.

Der Bagger schonte nichts und niemanden und riss unterdessen große Wurzelstücke unserer Robinie aus dem Boden, wenn sie ihm in die Quere kamen.

Einer von uns rief die Polizei.

Ein Streifenwagen traf ein. Man steckte die Köpfe zusammen, gestikulierte und beratschlagte.

Wir lehnten im offenen Fenster, schauten zu und spürten die Kälte kaum.

Nach einer Weile rief uns eine Polizistin zu, der Bauleiter oder Polier habe ihrem Kollegen und ihr auf seinem Handy eine Baugenehmigung gezeigt, die eine Fällgenehmigung für den Baum einschlösse. Deshalb müsse der Baggerfahrer auch keine Rücksicht auf den Baum nehmen.

Es ist unser Baum, erwiderten wir, mit vor Empörung hässlichen Stimmen, die zuständige Behörde habe die Robinie als erhaltenswert eingestuft und es lege keine Fällgenehmigung vor.

Die Polizistin zuckte bedauernd die Achseln.

Wir sollten uns lieber etwas Warmes überziehen, sonst erkälteten wir uns noch, ermahnte uns die Beamtin fürsorglich.

Der Streifenwagen entfernte sich.

Der Bagger wütete weiter.

Panisch stellten wir die Hausverwaltung zur Rede, die für die Baustelle südwestlich unseres Grundstücks zuständig und verantwortlich war.

Nein, es gebe keine Fällgenehmigung für die doppelstämmige Robinie, lautete die Auskunft, und niemand habe die Absicht, diesem Baum etwas zuleide zu tun.

Eine merkwürdige Diskrepanz zum Bescheid vor Ort; aber irgendwie lullte uns die nach Recht und Ordnung klingende Beschwichtigung ein.

Kaum war die Baugrube um unsere Robinie – ihre Gegner denunzierten sie gern als falsche Akazie – wieder verfüllt und geschlossen, erhielten wir Post von der Hausverwaltung, die auch den Bagger befehligte. Wir zögerten jetzt nicht mehr, von der feindlichen Hausverwaltung zu sprechen.

Unsere Freude über die vermeintliche Rettung der doppelstämmigen Robinie blieb uns im Halse stecken. Aber wir kapitulierten nicht.

Die feindliche Hausverwaltung schrieb: Ihr liege ein Gutachten eines Baumsachverständigen vor. Bei den notwendigen Baggerarbeiten sei es leider aus Versehen zu starken Beschädigungen am Wurzelwerk der Robinie gekommen. Die Standfestigkeit des Baumes sei nicht mehr garantiert. Man habe einen Antrag auf eine Ausnahmefällgenehmigung vorbereitet, den wir schleunigst unterschreiben sollten. Der Baum stehe schließlich auf unserem Grundstück und stelle eine beträchtliche Gefahr für Menschen und Häuser dar.

So nicht!

Nicht mit uns.

Wir haben inzwischen der feindlichen Hausverwaltung verboten, dass jemand, ob Mensch, Gutachter oder Bagger, in ihrem Auftrag unser Grundstück betritt.

Wir lassen unsere Robinie nicht mehr aus den Augen.

Ein zufällig durchreisender Baumfreud, der sich auskennt, hat uns erklärt, dass die Robinie ein Tiefwurzler sei, bis sieben Meter tief, unterirdisch. Und sie bilde ein extrem schnell wachsendes, die Oberfläche fixierendes Wurzelwerk aus.

Der durchreisende Baumfreund hat uns ermutigt, einen eigenen, vereidigten Gutachter zu engagieren, auf Kosten der feindlichen Hausverwaltung.

Seither hat unsere Robinie schon zwei schweren Winterstürmen getrotzt.

Ich war zur Morgenwache eingeteilt. Dann erlitt ich, vor meinem Schreibtisch sitzend, eine Schlafattacke. Ich träumte von einem summenden, zart grün gemusterten Luftraum, einer Bienenweide.

Als ich erwachte, kam mir plötzlich in den Sinn, der Reisedienst *Chamäleon* könnte seine Finger im Spiel haben, was den Angriff auf unsere Robinie anging. Ein Werbeevent. Ein Scharmützel, das sich uns vor dem eigenen Fenster bot. Eine Gratisaussicht auf ein Krisengebiet.

Argwöhnisch streifte mein Blick die neben mir auf dem Perser liegende Fee. Sie ließ sich in ihrer stabilen Seitenlage nichts anmerken.

Sie schnarchte filigran.

Das war unerhört.

Dann schweiften meine Gedanken ab, noch von dem singenden, klingenden, lindgrün leuchtenden Luftraum des Traums euphorisiert.

Hoffte ein Bagger, der sich in einer paramilitärischen Spezialoperation hervorgetan hatte, auf eine Beförderung? Träumt weiter.

VERLUSTE

Ich hatte mir nur die Füße ein wenig vertreten wollen. Seit die Fee, die nach meinem Eindruck souveräne Gebieterin über ihr Kunstkoma war, so lässig, in kaum wechselnden Posen, neben meinem Arbeitsplatz lag, mangelte es mir beim Lesen und Schreiben an einer hinreichenden Beinfreiheit.

Als ich prüfend die Balkontür für einen Moment öffnete, spürte ich, wie kalt es draußen war.

Ich vergaß meine Handschuhe nicht.

Wintersonne; harte Schlagschatten.

Müllspuren auf dem Bürgersteig. Die Einladung zu einer wüsten Schnitzeljagd.

Gelbe Säcke am Straßenrand. Von Schnabelhieben perforierte und zerfetzte Haushaltsenddärme. Farbenfrohe Plastikexkremente, weit verstreut.

Ich grüßte im Vorübergehen gravitätisch zur doppelstämmigen Robinie hinüber und ärgerte mich sofort über meine Gönnerhaftigkeit.

Als ein Eichhörnchen salutierte, stutzte ich.

War ich gemeint?

Bald schlenderte ich durch den Schleidenpark, und mir kam der Lord von Barmbeck in den Sinn, dessen Bande einst ganz in der Nähe ihr Hauptquartier hatte. Gangster mit Prinzipien. Schusswaffen waren bei den Einbrüchen und Überfällen der Clique um den Lord verpönt! Manchmal versammelte der Lord von Barmbeck alle Kinder um sich, die er vormittags auf Straßen und Plätzen im Viertel antraf, und er lud sie ein, ihn in ein Kaufhaus zu begleiten. Dort durften sie sich aussuchen, was sie wollten. Der Lord bezahlte alles.

Plötzlich sprach mich ein Mann an, der nach einem Rasierwasser roch, dessen antiquiertes Aroma mir von früher her vertraut war.

Ob ich etwa meine Eltern verloren hätte?

Auf einmal?

Teil um Teil?

Wenn es sich nicht um eine mündliche Anklage handelte, so schwang zumindest der Vorwurf grober und unverzeihlicher Fahrlässigkeit in der Stimme des Mannes mit.

Ich machte auf dem Absatz kehrt und ging nach Hause.

War ich zerstreut gewesen? Unkonzentriert? Hatte ich vorsätzlich und mutwillig gehandelt?

Der Idiot im Schleidenpark setzte mir mit seiner Frage, wie es mir passieren konnte, die Eltern zu verlieren, mehr zu, als ich mir im ersten Moment eingestehen wollte.

Ich war aufgewühlt und verstört.

Nur einen Augenblick lang unachtsam, und da geschah es: Ich verschluckte mich.

Plötzlich sah ich mich ins Labyrinth meiner Eingeweide verbannt. Wobei in dieser viszeralen Finsternis von Sehen keine Rede sein konnte. Aber wie es nach mir selbst stank! Zur Bewährung in die eigene Fäkalproduktion abkommandiert, als Kanalarbeiter! So lächerlich es aus meinem Munde klingen mag: Mir fehlten die Worte! Ich hatte sie verloren, wie einst meine Eltern.

Ob und wie ich hier jemals wieder herausfinde: Es wird ein Scheißspiel.

Niemand muss zuschauen, in einem freien Land.

DIE EINLADUNG

Der Gedanke gerann bald zur fixen Idee: Ich lade meine besten Freunde auf meinen Westbalkon ein, und wir feiern gemeinsam den Klimaausklang.

Wenn das kein Anlass wäre!

Anderen genügte schon eine enharmonische Verwechslung, um daraus eine lautstarke Party zu machen.

Einladungen zu Sommergewittern, Winterdepressionen, Wonnemonden oder Sonnenstichen, auch das hatten wir alles schon.

Aber wie schäbig und kahl muten diese konventionellen Einfälle, sich die Zeit gemeinsam zu vertreiben, gegen einen festlichen Klimaausklang an.

Edle Atmosphäre schlürfen und verkosten.

Feine Klimanoten im Gaumen registrieren und genießen, aromatische Anspielungen und Variationen aller Art.

Dazu servierte ich Karpfen, gebacken, nach Rügener Art, mit Meerrettich.

Meerrettich und Schiffbruch, der Zusammenhang gab mir seit jeher zu denken.

Und ich lachte mir ins Fäustchen, weil sich keiner meiner Gäste einen Reim darauf machen könnte, warum ich ausgerechnet Karpfen auftischte.

ZUR FRAGE DER REICHWEITE

Manchmal stehe ich einfach da, schaue an mir herab und frage mich, welches Gefühl jetzt angemessen sei. Auch da herrscht ein Überangebot.

Gern orientiere ich mich gen Westen und bringe mich mit diesem Unsinn selber zum Lachen.

Sind das wirklich meine Beine?

Ist da jede Verwechslung ausgeschlossen?

Reichen sie tiefer hinab als meine Erinnerungen zurück?

Wer läuft da mit?

Was, wenn meine Füße, die ich seit längerem nur noch schemenhaft erkennen kann, mich auf einmal unerträglich fänden?

Und wie erführe ich es?

Ließen es mich meine Füße, die es unter Pilzfreunden zu bescheidener Prominenz gebracht haben, spüren? Oder desertierten sie bei nächster Gelegenheit?

Manchmal suche ich ein Wort, obwohl ich mich nicht daran erinnere, dass ich eins verloren hätte.

Quitte, beispielsweise.

Passt aber ganz und gar nicht in die Jahreszeit und wäre auch viel zu hart gesagt.

Und mit einer reifen Quotte aus der Region gäbe ich mich auch zufrieden.

Plötzlich, wie sonst, stört ein Anruf meine Konzentration und reißt mich aus der Selbstbetrachtung.

Es ist die alte Imkerin, und sie erzählt vom Krieg.

Weißt du noch, sagt die alte Imkerin am Telefon, wie vor vielen Jahren Putin als Überraschungsgast am Geburtstag deiner Schwester in ihrer damaligen Wohnung in der Dresdner Südvorstadt aufgetaucht ist?

Ich höre es zum ersten Mal, aber gern.

Kurz zuvor, so die alte Imkerin weiter, sei sie bei uns in Dresden zu Besuch gewesen. An einem politischen Feiertag habe unser Vater während einer Kundgebung auf dem Altmarkt eine Ansprache gehalten.

Zuvor habe die versammelte Menschenmenge auf einen Wink hin die Nationalhymne angestimmt.

Und da habe auf einmal Putin neben ihr gestanden und sie gefragt, warum sie nicht mitsinge, so die alte Imkerin.

Ich komme aus dem Staunen nicht mehr heraus.

Es summt in meinem Kopf, obwohl die Bienen im Luftraum unserer doppelstämmigen Robinie noch gar nicht schwärmen.

Eine Illusion, wie vorhin schon die Quitte.

Bis mir die Quotte von der Zunge kullerte und in die Hande fiel.

Kurz darauf lese ich in einem Buch über die Elbe, das Holz der Robinie tauge besonders gut dazu, Schiffsnägel herzustellen.

Und das alles an einem einzigen Tag!

Manchmal stehe ich einfach da, schaue an mir herab, traue meinen Beinen kaum, bekomme feuchte Füße und frage mich: Wohin soll das alles noch führen, wenn es so weitergeht?

Was mir blüht

Gern hätte ich von Krokussen oder Märzenbechern gesprochen und vorauseilend mit meiner in der näheren Umgebung hinlänglich bekannten Augenblödigkeit begründet und entschuldigt, dass ich sehr anfällig für Wahrnehmungspannen und optische Täuschungen sei.

Aber schon als es mir über die Lippen kommt, hinterlässt es, Aussage oder Geständnis, einen faden Nachgeschmack.

Was da im Vorgarten neben unserem Haus der Fall ist – Märzenbecher oder Krokus, hoffe ich bange –, treibt es bunt. Das zu sagen, ist weder falsch noch übertrieben.

Aber was heißt hier bunt?

Bunt wie ein Buchtitel, fällt mir spontan ein.

Bunt ist meine Lieblingsfarbe, eine Anthologie voller Frühlingsetüden aus dem Zirkel schreibender Sehgeschädigter; ich habe seit Jahrzehnten nicht mehr an dieses irgendwo in meiner Bibliothek verschollene Buch gedacht.

Inzwischen ist mir jeder Vorwand recht, um mich draußen vor dem Haus herumzutreiben. Ich mache mir an den Mülltonnen zu schaffen. Ich öle Schlösser und Ketten der Fahrräder, nach dem Winter. Ich starre mit verzweifelter Erkenntnisbereitschaft auf das, was da aus dem Boden schießt und bunt tut.

Sie glauben immer noch an Blumen?, erkundigt sich, abgefeimt höflich, einer aus der Nachbarschaft, der sein unterdrücktes Lachen kaum noch beherrschen kann.

Wir sehen was, was du nicht siehst, rufen mir Kinder zu, während sie fröhlich vorüberhüpfen. Einem vielleicht

Achtjährigen steht jetzt schon die zarte Verschlagenheit eines Berufsganoven im Gesicht geschrieben; da täusche ich mich selten.

Und dann spricht mich beim Grünglascontainer einer an, der wie ich regelmäßig seine Runden im Schleidenpark dreht, ein Mann meines Alters. Seine altmodischen Hörgeräte, monströse Hinterohrhöcker, helfen mir, dass ich ihn nicht verwechsle.

Ob mir noch nicht zu Ohren gekommen sei, was in der Gegend seit Tagen zirkuliere, medial und von Mund zu Mund? Was Ahnungslose oder visuell Behinderte für Frühlingsblüher aus der Ordnung der Spargelartigen hielten, seien Zwerge, bunt als Blumen getarnt. Ein riesiges Heinzelmann-Myzel habe im Boden geschlummert, viele Jahre lang, Schläfer eben, und nun seien die Blumenähnlichen auf ein geheimes Kommando hin aus dem Erdreich aufgetaucht – anmutig und giftig.

Plötzlich stockt die Rede des Ohrhöckrigen, und er mustert mich auf eine Weise, dass ich erschrecke.

Während des Wortwechsels beim Grünglascontainer, falls man es so nennen will, werfen wir beide Weinflaschen ein, linkisch diskret, so dass der andere das Etikett möglichst nicht sehen kann.

Was gehen den Harthörigen meine Geschmacksrichtung und Preisklasse an, versuche ich mich abzulenken; aber es gelingt mir nicht.

Wer einen so anschaut, verschweigt etwas.

Wollen diese von Niedertracht, Häme und Schadenfreude gesättigten Blicke etwa andeuten, ich sähe, genau betrachtet, den gerade erblühten, bunten Zwergen ähnlich?

Ein monströs vergrößerter – um nicht zu sagen: aufgeblasener – und behutsam kolorierter Doppelgänger?

Um dieser üblen, wenn auch noch unausgesprochenen Nachrede Paroli zu bieten, müsste ich mich flach auf den Boden legen, mit dem Bauch auf der feuchten Erde, die Brille absetzen (das hört sie nicht gern, meine Brille) und aus nächster Nähe auf die Blumenartigen starren. Und auch das hülfe mir nichts.

Es gibt Situationen, da ist der Prozess schon verloren, wenn man sich zu verteidigen beginnt.

Wenn er mir zum Abschied noch einen guten Rat geben dürfe, unterbricht der Ohrhöckrige mein längeres Gedankenspiel: Was da so unverschämt bunt blüht und gedeiht, sei womöglich giftig. Er warne mich davor, es zu berühren. Ihm seien in jüngster Zeit einschlägige Berichte zu Ohren gekommen. Kolportiert von Leuten, die sich zu den von Hunden Gehaltenen zählen. Während sie ihre Menschen durch die Gegend schleiften oder zerrten, hätten die Lieblinge an blühenden Zwergen geschnuppert oder geknabbert. Bald darauf sei es zu Lähmungserscheinungen und schweren Koliken gekommen. Bei den armen Hunden.

Die Grimassen, die der Ohrhöckrige zum Abschied schneidet, geben mir noch lange zu denken.

Einer geht voran

Ein Tatort ohne Tat: Es geschah in der Elsastraße, am frühen Nachmittag. Es regnete nicht. Kinder kreischten im Park. Eine alte Frau ruhte sich auf ihrem Rollator aus, das Gesicht schräg gegen den Himmel gereckt, dorthin, wo sie die Sonne vermutete. Aber die Sonne spielte Verstecken. Krähen versuchten auf den Nestbaumärkten am Straßenrand oder in den Vorgärten etwas zu ergattern. Jedes Stöckchen zählte. Nichts, was derzeit in der Elsastraße der Fall war, hatte den Rang eines Ereignisses, so schien es. Außer dass die Forsythien blühten, in gelben Schwärmen.

Ich ging dahin. Nach einer Weile schaute ich hoch und bemerkte, dass ich hinter jemandem her war, absichtslos.

Vor mir schritt ein Polizist aus, unsere Kontaktperson zum Gewaltmonopol, ein bisschen breitbeinig und mit energisch schwingenden Armen, in der Gangart kontrollierendes Schlendern oder machtbewusstes Flanieren. Ein sehr netter Mann; ich hatte mit ihm schon einmal ein paar Worte gewechselt.

Da kam mir wieder in den Sinn, dass ich seit längerem eine Frage an den Bürgernahen hatte. Jetzt war womöglich die Gelegenheit gekommen, sie zu stellen.

Was, genau, ich wissen wollte, es fiel mir im Moment nicht mehr ein. Aber vielleicht würde ich mich daran erinnern, während ich die Kontaktperson in Uniform einholte. Mir blieb eine gewisse Bedenkzeit.

Ich beschleunigte meine Schritte.

Der Polizist schien zu spüren, dass er verfolgt wurde, denn auch sein Gang nahm Fahrt auf. Was mochte ihm durch den Kopf schießen, während hinter ihm einer nicht lockerließ?

Er drehte sich nicht um.

Dass ich nur Gutes und Freundliches im Schilde führte und verzweifelt in meinem Gedächtnis kramte, um die vertagte Frage zu finden, wie sollte er es ahnen.

Hätte uns jemand bei unserem Dahinhecheln beobachtet, den Polizisten und mich, er wäre wahrscheinlich in lautes Gelächter ausgebrochen.

Aber zur Stunde war da sonst niemand unterwegs, in der Elsastraße. Kinder lärmten im Park. Die Greisin fixierte von ihrem Rollator aus den Himmel und beachtete unser läppisches Verfolgungsspektakel nicht.

Mir gefiel en passant die Vorstellung, eine Rolle in einem Stummfilmwestern zu spielen. Diese vergebliche Anstrengung, den Sheriff erreichen zu wollen.

Es glückte mir nicht.

Es gab von Zeit zu Zeit Tempiwechsel; wir waren beide nicht mehr die Jüngsten.

Aber sobald ich ihm dicht auf den Fersen war, legte der Bürgernahe einen Spurt ein.

Wem so eine Episode der Ereignislosigkeit, wie ich sie nicht nur in der Elsa-, sondern auch in der Berthastraße oder auf dem Biedermannplatz häufig erlebt habe, nicht gefallen hat, der möge sie sofort vergessen. Wie ich die Frage, die ich dem Polizisten stellen wollte. Sie hat sich bis heute in einem Winkel meines Bewusstseins versteckt.

Aber es regnete wirklich nicht.

FARCE IN WEISS

Heute morgen traue ich meinen Augen gern: Über Nacht hat jemand meinen Westbalkon in eine Winterskulptur verwandelt.

Geländer, Tische, Stühle, Blumenkübel, Rhododendron und Zierapfel, sogar der Gästeaschenbecher auf dem Fenstersims – perfekt verpackt.

Schnee, Schnee, soweit die Blicke tragen.

Seit jeher habe ich von einer Flucht auf Skiern geträumt; die Gelegenheiten sind, nicht nur in Barmbek-Süd, rar geworden.

Man nennt es Frühling, murmele ich vor mich hin, man nennt es Frühling.

Sobald ich am Schreibtisch sitze, zweifelt niemand an meiner Künstlerpose.

Hier sieht mich ja auch keiner.

Die Fee, zu meinen Füßen im Kunstkoma, stöhnt manchmal romantisch.

Ob sie Frühlingslieder kennt und schätzt?

Könnte sie, bei Bewusstsein, den späten Schneefall deuten?

Den ganzen Winter über hat uns der Schnee warten lassen.

Was fällt ihm nun plötzlich im Frühjahr ein?

April, April, würde ich morgen sagen.

Aber so weit sind wir noch nicht.

Auf einer Fensterbank singt leise eine Orchidee.

Ein hoher türkiser Ton.

BÖSES ERWACHEN ODER AUCH NICHT

Neigte ich zu pathetischer Autofiktion, ich spräche vielleicht vom Beginn einer neuen Zeitrechnung.

Da hat jemand seine Rechnung ohne den Autor gemacht.

Was ich an jenem Morgen gegen halb zehn, es war an einem Dienstag im opaken Monat April, nicht etwa im Feuilleton gelesen habe, sondern mit eigenen Augen sah: Die Fee saß, übertrieben aufrecht, auf meinem Schreibtischstuhl, vor dem noch nicht eingeschalteten Computer.

Unfrisiert. Ihr Leib brodelte. Wo eben noch Kunstkoma war, muss Kunstgärung werden, laut Lehrbuch der ästhetischen Physiologie. Ein weibliches Original mit der Aura einer naturtrüben Schlampe.

Hatten die Tattoos der Fee während ihrer Ohnmacht halbwegs mit dem Muster meines Persers harmoniert, so wirkten sie an der Sitzenden nur noch ordinär.

Als ich bemerkte, dass die Fee hungrig dreinschaute, nahm ein Panikkommando für einen Moment mein Bewusstsein als Geisel. Mir schien, die Fee musterte die Typoskripte rund um meinen Computer zärtlich, wie der Hotelgast ein üppiges Frühstücksbüfett.

Ich schwöre, ich war nüchtern, als sich zutrug, was ich hier beschreibe.

Nie stoße ich mit Büchern oder Sätzen an, bei Tageslicht, worauf auch immer.

Rauschhafte Binsenweisheit oder prägnantes Klischee: Ideen und Plots saufen gern, teils sentimentales teils herrschsüchtiges Gesindel. Deshalb dulde ich sie in der Nähe meines Schreibtischs nicht.

Stumpen!

Kann, was mit einem Befehl anfängt, ein Gespräch werden?

Die Fee wollte rauchen. Ein starkes Stück.

Bevor ich der Fee erklären konnte, dass hier jeder selbst für seinen Stoff sorgen müsse und der Gästeaschenbecher auf dem Balkon sei, fuhr sie mir über den Mund.

Wer bist du?, fauchte sie mich an.

Wo kommst du her!

Was hast du in meiner Wohnung verloren!

Hast du mir die Invasion der verlotterten, verstaubten Bücher eingebrockt, die von Norden und Süden gegen mich vorrücken? Und jetzt, da ich wach bin, bewegungslos innehalten und mir ihre Rücken zukehren, oder zumindest die vergilbten Schultern zeigen?

Wer bist du, und was suchst du hier?

Wir schwiegen beide eine Weile still.

Die Fee erschöpft von ihren Worten, nach dem langen Kunstschlaf.

Ich perplex und gegen den Tumult in mir ankämpfend.

Gern hätte ich gelacht, aber das glückte mir erst später, als es nichts mehr half. Ich habe sie trotzdem genossen, die komischen siebzig Sekunden, und erinnere mich gern an sie.

Die Fee erhob sich und schlurfte durchs Wohnzimmer, am ovalen Ess- und Konferenztisch vorbei zur Balkontür. Die Wachtraumvettel trug einen secondhand Morgenmantel, ausgewaschen, faltenreich und rüschenselig, poetical Vintage-Look. Am Saum baumelten ein nie abgeschnittenes Echtheitszertifikat und ein Preisschild, in einer historischen

Währung. Aus den Tiefen dieser Berufsuniform kramte die Fee ein angerissenes Päckchen Zigarillos, DANNEMANNS MOOD.

Feuer!

Die Fee sprang mit mir um, als sei ich ein Exekutionskommando in ihren Diensten.

Während die Fee auf dem Balkon paffte, klagte sie über Lektürerisse und Erinnerungslücken.

Ich lehnte in der Balkontür und schaute zur doppelstämmigen Robinie hinüber. Instrumentenbauer schätzten sie wegen ihrer Klangeigenschaften. Um Xylophone herzustellen, beispielsweise.

Ach, wie gern wäre ich aus solchem Holz geschnitzt.

Die Fee schwadronierte halblaut.

Aus ihrem Gebrabbel hörte ich zwischen den Rauchschwaden etwas von einem Schicksalsschlag heraus, den sie vor einer Weile erlitten habe.

Ich fühlte mich geschmeichelt, denn schließlich war ich der Autor dieser Niederlage.

LEINENGLAUBE LEINENZWANG

Wie immer, wenn ich nicht weiter wusste, wich ich ins Freie aus.

Ich verfiel auf eine bewährte Methode, um mich abzulenken: das Studium der neuesten Graffiti auf den Rückenlehnen der Parkbänke beim Biedermannplatz.

DIE LÜGE LÜGT

Chapeau; die Konkurrenz schläft nicht, selbst hier, in Barmbek-Süd.

Ob mein Erlebnis mit der erwachten Fee, Nachrichten aus der kürzlich noch bewohnten Welt, oder was auch immer mir so zusetzte – ich war außer mir. Das mochte erklären, warum mir nie zuvor auf meinen Spaziergängen aufgefallen war, wie viele Passanten Halt und Trost an längeren oder kürzeren Leinen fanden. Wer sich ganz und gar an eine straffe Leine hielt, der ging, Schritt für Schritt, in die richtige Richtung. Sein Zug- und Hoffnungshund witterte, animalisch und spirituell, das Lebensziel, den Sinn des Ganzen. Paradox des Glaubens: Wer sich zum Kürzeren hingezogen fühlte und von ihm ziehen ließ, gewann.

Auch wenn er, auf den ersten Blick jedenfalls, selten oder nie wie ein Gewinner aussah, oder wie eine Gewinnerin.

Ein Mann, ich schätzte ihn auf fünfundvierzig, also in einem ganz und gar banalen Lebensalter, sprach mich an und riss mich aus meinen Gedanken. So abrupt wie ein leinenfrommes Frauchen ihren zotteligen vierbeinigen Engel, wenn er sich aus Versehen – oder gar absichtlich, ein Fall von Hundetücke – zum Scheißen auf einen Kinderspielplatz verirren wollte.

Der Fremde überreichte mir, in seiner trivialen Fünf-
undvierzigjährigkeit, die auch eine knappe Verbeugung
nicht wettmachte, eine Broschüre der *Liga zur Lärmbe-
kämpfung.*

Hatte ich unterwegs etwa zu laut gedacht?

FernTribunal

Von einer FernUniversität hatte ich schon einmal gehört.
FernUniversität Hagen.

Exzellenzcluster *Siegfried* und *Krimhildsekt* bei den Alumniempfängen.

Aber dass es ein FernTribunal in Potschappel gibt, weiß ich erst, seitdem mich meine Schwester dort angezeigt hat.

Ich gebe zu: Potschappel habe ich mir ausgedacht. Nicht nur weil es nach einem alternativen Geburtsort von Jean Paul klingt. Hand aufs Herz: Passte irgendein Ortsname in Deutschland besser zu einem FernTribunal als Potschappel? Und es ging damals auch ganz knapp aus. Eine Stimme weniger für Potschappel, und Zauckerode, der härteste Konkurrent unter den Mitbewerbern, wäre der Sitz des FernTribunals geworden. Zauckerode, einst wegen der elektrischen Grubenlok *Dorothea* weltberühmt.

Den logischen Zufall – ich hoffe, diese Kategorie spielt im Lehrkanon der FernUniversität Hagen eine Rolle –, dass Potschappel in unserer Familie privatmythologisch den Rang eines Amselfeldes hat, erwähne ich jetzt nur am Rande.

Die Anzeige wurde mir per Einwurfeinschreiben zugestellt.

Seelische, physische und prosaische Grausamkeit in Tateinheit mit Vertrauenserschleichung gegenüber einer schutzbefohlenen Fee, warf mir meine Schwester in der Anzeige vor, die beim FernTribunal Potschappel eingegangen ist. Wer konnte meiner Schwester etwas von dem Schicksalsschlag der Fee, neben meinem Schreibtisch, erzählt haben? Er war doch, bis heute unveröffentlicht, mein literarisches

Geheimnis. Etwa die alte Imkerin, die mir vor kurzem verraten hat, dass einst Putin als wächserner Gast uneingeladen zum Geburtstag meiner Schwester erschienen sei?

Seitdem mir die Anzeige ins Haus geflattert ist, zerbreche ich mir den Kopf darüber. Er, oder was von ihm übrig ist, gleicht einem kubistischen Schatten seiner selbst. Multiple Bewusstseinsfrakturen.

Verwandtschaft ersten, zweiten oder dritten Grades. Mir kommt die medizinische Klassifikation von Verbrennungen in den Sinn; schon wieder ein logischer Zufall.

Fabricius Hildanus, *De Combustionibus*, Basel 1607. Das erste Fachbuch zum Thema.

Der Ertrag meiner FernAbfrage bei der FernUniversität Hagen.

Zu einer schriftlichen Stellungnahme aufgefordert, setze ich nun mein ganzes Vertrauen in die juristische Umsicht und das familienpolitische Differenzierungsvermögen des FernTribunals zu Potschappel.

Blaue Blume, blaues Wunder und blauer Fleck – unter Brüdern und Schwestern ist nichts unmöglich.

Wer keine Familie hat, werfe den ersten Stein.

Kein böses Wort über Büroklammern

Es geschieht am helllichten Tage oder über Nacht: Die Territorien der Ungewissheit dehnen sich aus. Ein unheimlicher Wachstumsschub, vor unseren Augen. Man kann dabei zuschauen. Das ist aber schon alles, was man tun kann. Keiner sieht mehr.

Ich sitze auf einer Bank. Die Sonne zeigt sich manchmal.

Es ist eine Parkbank, kein Kreditinstitut. Aber womöglich handelt es sich um eine Glaubensfrage. Was blüht denn da.

Ich halte mein Gesicht schräg nach oben, der Sonne entgegen, die von Zeit zu Zeit erscheint.

Sogar wenn ich gar nicht denke oder keinen Gedanken an mein Denken verschwende, geht mir etwas durch den Kopf.

Heute erfüllt mich, auf der Bank, die mir noch nie Zinsen versprochen hat, eine halbnomadische Sehnsucht nach Sommersprossen.

Ich hätte auch von einer unbändigen Sehnsucht sprechen können. Aber ich kenne zu viele Leute, die an oder unter einer unbändigen Sehnsucht leiden. Zu denen mochte ich nie gezählt werden.

Sommersprossen! Sommersprossen!

Und wenn ich genug von ihnen hätte, stabil gruppiert, dann stiege ich gern auf, Richtung Mitternachtsblau. Keine Karriere, kein Fortschritt; eher ein musikalisches Motiv. Stringendo. Vivace.

Wer Sommersprossen liebe, verachte Büroklammern, ist häufig zu hören.

Diese Schlussfolgerung hat mir nie eingeleuchtet.

Ich hänge auch an Büroklammern, aber eben auf eine andere, weniger spektakuläre Weise, als ich für Sommersprossen brenne.

Für Büroklammern empfinde ich sachliche Sympathie.

PASSIONSPARLANDO
VOR BLÜHENDER FELSENBIRNE

Der Fremde saß auf der Nachbarbank und sprach halblaut vor sich hin, in dieser Gegend nichts Ungewöhnliches.

So etwas hat man mir auch schon nachgesagt.

Eine Stimme, die sich selbst trug – ein beliebter Aufenthaltsort im Freien.

Dass ich den Mann anfangs für einen Fremden gehalten habe, lag weniger an seinem Aussehen als an seiner Sprache; Brocken, Phrasen und Satzteile in einem mir halbverständlichen Dialekt.

Bald horchte ich auf. Was sich eingangs wie ein selbstvergessenes Selbstgespräch angehört hatte, verwandelte sich unmerklich in einen an mich adressierten Monolog. Ohne es gleich zu registrieren, wechselte ich von der Rolle des zufällig anwesenden Ohrenzeugen hinüber ins Fach des Zuhorers, dessen Aufmerksamkeit zählte.

Vielleicht ein Hörspielregisseur auf der Durchreise, der an mir seine Kunst erprobt, dachte ich und zollte der akustischen Raffinesse dieser Stimmführung im Stillen meinen Respekt.

Aber was für eine Regionalsprache mochte das sein, was für ein sarkastisch funkelnder Dialekt.

Nahe am Aramäischen, ging es mir durch den Sinn, aber Aramäisch war es nicht.

Allgäu, glaubte ich plötzlich zu verstehen.

Oder Allgoi.

In der Nähe loderte eine Felsenbirne, ganz Holz und Blüte.

Gewiss waren meine Wahrnehmungen nicht frei und unabhängig von kirchenjahreszeitlichen Einflüssen.

Abrupt brach der Mann von der Nachbarbank sein magisches Gemurmel ab und schlug eine Art Hochsprache an, die ich verstand. Das R aber blieb phonetisch unheimlich, es fuhr mit der kalkulierten Brutalität eines Trennschleifers in die Worte und Wörter, in die dieser zur Selbstraserei neigende Mitlaut nun einmal hineingeboren worden ist.

Allgäu, wiederholte der Mann, das sei seine Heimat. Aber seine Lebensgefährtin, bis vor kurzem noch alleinerziehende Influencerin, stamme aus Eilbek, und dort sei er für ein paar Tage zu Besuch.

Mich betörte, wie die Felsenbirne, ein einziges inniges Blütengetuschel, schwärmte und schäumte, in stiller Ekstase.

Sonst hätte ich vielleicht kurz gelacht.

Der Fremde von der Nachbarbank seufzte.

Er sei in Zeitnot. Eigentlich hätte er sich jetzt diese Reise aus dem Allgäu nach Eilbek gar nicht leisten können. Wenn er es seiner Lebensgefährtin, einer prominenten, ehemals alleinerziehenden Influencerin nicht versprochen hatte, sie auf diesem Trip in die Heimat zu begleiten –

Er repetiere ständig seine Rolle. Er habe einen Ruf zu verlieren. Die Aufführung stehe nahe bevor. Seine sechsundzwanzigste Kreuzigung; das Lampenfieber lege sich nicht. Er sei Passionsdarsteller, einer der wenigen Profis in der Szene.

Dass ihn hier, so weit im Norden, nicht jeder sofort erkenne, nehme er inzwischen keinem mehr übel.

Missionsgebiet eben; da sei und bleibe noch viel zu tun. In der Einflusssphäre der Lüneburger Heiden.

Die Felsenbirne blühte.

Ich lachte leise.

Alfons auf dem Dach

Niemand hat mich darauf vorbereitet, dass mir plötzlich und unerwartet das Sorgerecht für eine literarische Findelfee zugefallen war.

Mir fehlte jegliche Erfahrung für diesen Lebensumstand, und wen hätte ich um Rat fragen können, ohne mich verdächtig oder lächerlich zu machen.

Welche Rolle spielte ich in diesem Kabinettstück? Vormund? Gastgeber? Bewährungshelfer? Komplize? Wahlverwandter? Oder sollte ich mich als Wirt einer tückischen Parasitin betrachten?

War es angemessen, war es herablassend oder passierte mein vagabundierendes Denken schon die weich gezeichnete Grenze zur Diskriminierung, wenn ein Begriff wie *artgerechte Feenhaltung* im Delta meines Bewusstseins auftauchte?

Wie sich die Fee inzwischen in meinem Arbeitszimmer benahm, es erinnerte mich an das Selbstbewusstsein eines vitalen Provisoriums, das von seiner Dauer überzeugt ist.

Lesefutterpragmatismus, so rubrizierte ich den ersten Schritt, zu dem ich mich entschloss, um die häuslichen Verhältnisse zu befrieden.

Noch vor dem Frühstück versteckte ich meine Zeitung, insbesondere das Feuilleton, vor der Fee.

Ich speiste sie mit Büchern ab, die ich aus unerfindlichen Gründen mein Leben lang mitgeschleppt hatte.

Peter Bamm, *Werke 1* und *Werke 2*.

Verjährte PEN-Handbücher.

Sol Stein, *Über das Schreiben*.

Entweder die Fee hatte Hunger oder eben nicht. Sobald sie mich in Geschmacksfragen zu verstricken versuchte, schnitt ich ihr das Wort ab.

War ich milde gestimmt, gab es ein paar Seiten *Marcel – Eine Kindheit in der Provence* als Nachspeise, ein ballaststoffreiches Osttaschenbuch von 1971, hergestellt im Grafischen Großbetrieb Völkerfreundschaft Dresden. Das Dessert reichte ich der Fee gern auf meinem Westbalkon, falls ihr der Sinn danach stand.

Was auf den Schreibtisch kam, wurde gegessen. An dieser Regel durfte die Fee nicht rütteln, solange sie es sich auf meinem Teppich gemütlich machte.

An Vorräten mangelte es mir nicht.

Um alle dreckigen Phantasien und Spekulationen über die Hygiene und andere Stoffwechselfragen auszuräumen: Von der Schöpfung her, welcher auch immer, war der literarischen Fee, so meine Beobachtung im Laufe der Zeit, eine Art Trockenverdauung zugefallen oder zugewiesen. Evolutionärer Minimalismus. Die Konsistenz der Exkremente schwankte, grob gesagt, zwischen *Konfetti* und *Papiermehl.*

Ich hatte mich, zu meiner eigenen Verblüffung, mit mir selbst auf einen Euphemismus geeinigt: Die Fee *schneit.*

Nebenan schneit es wieder; bald klang es auch in meinen Ohren tröstlich, nach einem sanften Naturereignis.

Immerhin, die Fee war inzwischen stubenrein. Ob Pulverschnee oder Konfettisturm, sie benutzte einen ausrangierten Papierkorb, neben meinem Stehpult. Dressur, Erziehung – der Erfolg gab mir recht.

Gestern wollte ich der Fee ein Buch auftischen, von dem ich glaubte, dass ich nie mehr darin lesen würde.

Alfons auf dem Dach und andere Geschichten, Mitteldeutscher Verlag Halle-Leipzig 1982, Printed in the German Democratic Republik.

Ich schlug es auf. Ein sentimentaler Reflex, bevor ich es der Fee servierte.

Da traf mich eine Widmung: *S. 99 als Geburtstagsgruß Herzlich Wolfgang Hilbig Leipzig, den 26.3.1983*

Page ninety-nine!; so wahr ich Wolfgang heiße.

Und diese mir persönlich zugeeignete Anthologie hätte ich fast der Fee zum Fraß vorgeworfen.

Alfons auf dem Dach.

Und so endet die Titelgeschichte: *Und daß der Alfons keine Prämie gekriegt hat, ich frag euch: Kann man so umgehen mit den Menschen?*

Ob sich die Fee noch an den Verfasser Axel Schulze erinnern kann?

Oder lacht sie mich gleich aus, wie eine Hyäne, der gerade eine Beute entgangen ist?

DAS AUSFALLHONORAR

Kaum, dass ich mich schwadronieren hörte und sah, wie maliziös die Fee feixte, war es bereits zu spät.

Die Scham versagte mir den Dienst, als sie die rhetorische Notbremse ziehen wollte.

Der Beginn einer mentalen Altersschwäche, Großhirnrindenmulch zwischen den Ohren, Symptome einer pompösen literarischen Onkelhaftigkeit. Mein Mund war nicht ganz dicht, ich konnte die Stimme nicht halten. Die Redenotdurft wurde übermächtig.

Es wollte erzählt sein.

Ende Juni 1985, hob ich an, bin ich nach Klagenfurt gereist. Mit dem Auftrag, für ein namhaftes Nachrichtenmagazin über ein literarisches Wettlesen zu berichten. Für ein opulentes Honorar. Ich schrieb fleißig mit, sammelte Bonmots und Stimmungen und nahm die Rolle des Prosareporters, mit Seitenblicken hinüber zur Literaturbetriebswirtschaft, gern an.

Pflichtschuldigkeit zählte zu meinen ältesten Lastern. Ich lieferte pünktlich.

Doch ich hatte meine Rechnung ohne den Zufall gemacht. Er mischte sich in Gestalt eines siebzehnjährigen Tennisbengels namens Boris ein. Sport essen Kultur auf. Am 7. Juli 1985 gewann Boris, auch Boris der Bomber oder Bumm-Bumm-Boris, das Turnier von Wimbledon, und das namhafte Nachrichtenmagazin schmatzte vor Begeisterung und benötigte jede Zeile für diese Sensation.

Es sollen weltweit etwa eine Milliarde Zuschauer gewesen sein, die das Finale von Wimbledon und Boris' Sieg verfolgt haben.

Dagegen, das räume ich gern ein, handelte es sich bei dem Klagenfurter Auditorium um die reinste Familienbande.

Das namhafte Nachrichtenmagazin ließ sich nicht lumpen und überwies mir ein üppiges Ausfallhonorar; mehr, als mir so manche gedruckte Seite einbrachte.

Das Geld besänftigte mich zwar, wie es so seine Art ist, aber seither hegte ich dennoch einen leisen Groll gegen Boris, der mich – Bumm Bumm – um meinen Auftritt in dem namhaften Nachrichtenmagazin gebracht hatte. Diese Chance erhielt ich kein zweites Mal.

Damit die Zeit als Heilpraktikerin zum Zuge kam, schmierte ich bald deutsche Redensarten auf meine Wunden, ein probates Mittel, wie es hieß.

Glück im Pech, Spiel in der Liebe.

Jeder ist seines Risikos Schmied.

Wer zuletzt lacht, fällt selbst hinein.

Dieser Tage, fast siebenunddreißig Jahre später, muss sich Boris, mein seinerseits in die Jahre gekommener Spielverderber, in London vor Gericht verantworten und wird wegen *Verschleierung von Vermögenswerten* zu einer Gefängnisstrafe verurteilt.

Das wollte ich nicht, Boris, das habe ich dir nie gewünscht.

Allerdings habe ich es seit jeher vermieden, mich oder meine Verhältnisse zu verschleiern, aus stilistischen Gründen.

Ich bin auf dem Teppich vor meinem Schreibtisch geblieben, den ich neuerdings mit einer Fee teile, die ich gelegentlich gern mit Arrest in einer Besenkammer bestrafte.

Manchmal flog ich auf; manchmal hielt ich mich in der Schwebe. In der Disziplin Stand-Up-Writing, kurz SUW, wurden wir mit der Zeit ein gutes Team, mein Teppich und ich.

Pokale, die ich notfalls versteigern lassen könnte, um ein Gericht milde zu stimmen, habe ich nicht.

Außer der Krähe von Kempowski, vielleicht.

Wer Karriere macht, kann etwas erleben, Boris.

Ich musste mir immer schon alles selbst ausdenken.

Freiheitsstrafe oder Ausfallhonorar.

Alles kann man nicht haben.

Anschwellendes Grollen.

Wer hier eigentlich die Fragen stelle, herrschte mich die Fee an.

ABRISS DER AUSSICHTEN

Dass wir alle, ob Stadt oder Person, unsere Baustellen haben, galt vor kurzem noch als Klischee. Eine Pauschalreise der Erkenntnis. Ein beliebter Kurztrip ins Binsenparadies.

Baustellen allenthalben. Ein maroder Weisheitszahn, beispielsweise. Eine moderate Ehekrise. Eine finanzielle Katastrophe auf Raten. Oder ein urbaner Tagtraum, der, suggestiv wie ein TV-Astrologe, von unausweichlich nahe bevorstehendem Wohnglück aus dem Geist der Verdichtung handelt.

Lange bildete ich mir ein, die Bauherren sprächen von architektonischer *Versdichtung* inmitten unserer Quartiere. Ich wollte es wohl nicht besser hören.

Dass auf meine Augen kein Verlass ist, sollte inzwischen keinen meiner Leser mehr überraschen. Und schon gar keine Leserin.

Etwas hat sich geändert, seit einigen Wochen.

Ich begriff es eines Tages am Wiesendamm, am Scheitelpunkt eines Spaziergangs, den ich oft wiederhole.

In unmittelbarer Nachbarschaft zum *Jungen Schauspielhaus* trug sich ein Abrissdrama zu. Bagger und anderes schweres Gerät fielen über ein Haus her, das offenbar kapituliert hatte. Genau kalkuliert droschen die Baumaschinen auf das Mauerwerk ein. Ein Territorium der Gewalt. Trümmertableaus, Schutt und Staub. Künstliche Ruinen, die für einen Moment der Illusion Vorschub leisteten, hier plane ein visionärer Landschaftsarchitekt etwas Historisches. Aber was zählte, war allein der Geländegewinn. Die Ernüchterung ließ nicht lange auf sich warten.

Nichts Besonderes im städtischen Alltag, bis vor kurzem noch. Niemand hätte dieser sich materialisierenden Bauplanungsorgie mehr als flüchtige Beachtung geschenkt.

Jetzt aber blieben Passanten stehen, Radfahrer stiegen ab, und alle starrten das brachiale Geschehen an, benommen, erschrocken, sanft paralysiert. Einige flüsterten. Die meisten schwiegen.

Fast ein Naturschauspiel, dachte ich.

Kollektive Lokalanästhesie.

Ein Barmbeker Memento.

Was man sah, behielt man für sich.

Nur einige Möwen zeterten wie immer, ihnen fiel nichts Besseres ein.

Als ein Rettungshubschrauber Richtung Jenfeld vorüberflog, zogen wir alle die Köpfe ein.

Wo dachten wir hin.

Ich kehrte um.

Für den Heimweg wechselte ich die Gangart. Statt länger zu flanieren, verfiel ich in ein Stolpern, allemal knapp am Sturz vorbei, das meiner Verfassung entsprach. Jeder Schritt riskierte viel und kostete den Hochmut vor dem Fall aus. Ich war in meinen Milchglasaussichten interniert. Schaute ich auf, sah ich Kirschblütenbrei und Mandelblütenmatsch. Frühlingsvolltreffer. Meine Augen logen das Gelbe vom Himmel herunter. Schon ertappte ich mich dabei, dass ich Gefallen an diesem Rückweg mit Schlagseite und Baumblütenbombardement fand.

Brauchst du Hilfe, blinder Spasti?

Die Stimme ganz in meiner Nähe klang so jung und fröhlich, dass ich fast geantwortet hätte.

Serielle Degeneration

Lügen und Dackel haben kurze Beine.

Lügen Dackel, weil Lügen dackeln?

Dackeln Lügen, weil Dackel lügen?

Alle Dackel sind Lügner, kläfft ein Dackel.

Kann dieser Dackelblick lügen?

Alle Lügen applaudieren lautlos mit ihren fühllos verhornten Stummelpfoten.

Die Welt ist alles, was der Beifall ist.

Jeder vierte Dackel erleidet im Laufe seines Lebens wegen seiner kurzen Beine einen Bandscheibenvorfall.

Haben wir der spezifischen rhetorischen Pathologie jeder vierten Lüge bislang zu wenig Beachtung geschenkt?

Die Welt ist alles, was der Vorfall ist, für Lügen und Dackel.

Wer einen Vorfall hat, braucht für den Beifall nicht zu sorgen.

Beifall kommt vor dem Fall.

Ahnen wir, wadenstolze schenkelreiche Langbeiner, nichts von den chronischen Rückenschmerzen der bei ihren unteren Extremitäten extrem zu kurz gekommenen Lügen?

Ist *Operation Dackel* eine taktische Chiffre? Oder eine coole, aber unverfrorene Lüge?

Frechdachs sieht.

Lüge lycht.

Barfuss auffliegen

Eine Bank in einem Parkstreifen am Biedermannplatz, mit Aussicht auf den Kinderspielplatz. DIE LÜGE LÜGT, schmutzigweiß auf die Rückenlehne gesprayt; einige Leserinnen erinnern sich noch.

Heute finde ich vor der Bank ein Paar verlassene Sneakers vor, deren Farbe mit jener der Parole korrespondiert. Ich ertappe mich dabei, dass ich von Turnschuhen sprechen will. Das Tennis-inspirierte Schuhwerk fühlte sich durch diese antiquierte Anrede vermutlich diffamiert.

Ich betrachte die verlassenen, aufgegebenen oder verlorenen Schuhe, ohne schlechtes Gewissen, dabei Zeit zu verschwenden.

Was mir zu denken gibt, ist die Akkuratesse, mit der die Sneakers vor der rostbraunen Bank abgestellt wurden. Nichts deutet auf einen Kampf oder eine Entführung der- oder desjenigen hin, die oder der diese Schuhe bis hierher getragen hat. Oder den sie getragen haben.

Wie zu einem Appell aufgestellt, an einer unsichtbaren Linie. Zeugnis eines mustergültigen Ordnungssinns.

Die violetten Schuhbänder – ich nenne sie heimlich Schnürsenkel; vermutlich auch das heutzutage nahe an einer Beleidigung – erinnern durch ihre ornamentale Duplizität an Synchronschwimmer.

Diese Schuhbänder, geht es mir durch den Sinn, diese lieben Schnürsenkel bekennen sich zum blühenden Flieder.

Was es mit den leeren Turnschuhen für eine Bewandtnis hat, kann ich nicht ergründen.

Barfuß aufgeflogen.

Eine steile These.

Noch neunzehn Tage bis Himmelfahrt.

Ein grober Rechenfehler.

Verlässt sich jemand am Biedermannplatz, nahe der gottverlassenen Bugenhagenkirche, verraten und verkauft, auf eine liturgische Farbe wie Violett?

Träumt weiter, Kinder.

Phantastische Enttäuschung

Die Fee sitzt auf dem Balkon und pafft.

Sie wirkt mürrisch und ratlos, als sei ihre ominöse Mission vor meinem Schreibtisch ins Stocken geraten und sie warte auf neue Anweisungen einer höheren Macht.

Sobald ich nicht aufpasse, streift die Fee die Asche ihres Stumpens in dem Kübel mit dem Rhododendron ab. Gerade beginnen sich die Blütenknospen des Rhododendrons zu öffnen, und ein tiefes Rot erscheint. Aber auch das täuscht. Sind sie erst ausgewachsen, werden die Blütenblätter den Farbton wechseln und zu einem infantilen Rosa konvertieren, nach meiner Erfahrung.

Und von Zeit zu Zeit schnippt die Fee mit den Fingern gegen die gelben Blütenblätter des Islandmohns; ich sammle schon eine ganze Weile Indizien, die dafür sprechen, dass die Fee einen schlechten Charakter hat.

Ich muss an das Buch denken, *Alfons auf dem Dach*, das ich kürzlich fast aus Versehen an die Fee verfüttert hätte.

Öffnen Sie ein Buch auf Seite 99, und die Qualität des Ganzen wird sich Ihnen offenbaren.

Ich versuche es mit einer literarischen Konversation, um die Fee abzulenken. Dass sie nicht länger den blühenden Islandmohn belästigt.

Die Fee starrt mich an, als hätte ich gerade etwas Anzügliches geäußert, öffnet den Mund und schweigt.

William H. Gass hat behauptet, der Vorschlag, auf diese kapriziöse Weise den Rang eines Prosabuches zu bestimmen, stamme von Ford Madox Ford. Es handle sich gewissermaßen um Sprachbiopsie, ein diagnostisches Verfahren im Dienst der literarischen Histologie, höre ich mich dozieren.

Auch wenn ich es nur selten zugebe: manchmal höre ich mich ganz gern.

Grass, erwidert die Fee.

Vielleicht war es auch eine Frage.

Gass, wiederhole ich voll didaktischer Geduld.

Grass!, bellt die Fee. Nun klingt es schon nach einem Befehl.

Plötzlich verdunkelt sich mein Bewusstsein, und ein neuronaler Hurrikan bricht los. Könnte ich seit der Ankunft der Fee einem grandiosen Irrtum aufgesessen sein? Hat mich die für meine Begriffe zwingende Logik, wer mit einer fundamentalen literarischen Suggestivfrage einen Hausfriedensbruch begründet und legitimiert, könne niemand anderes als eine Botschafterin aus dem Hoheitsgebiet der Poesie sein, zum Narren gehalten?

Meine Deutung der Fee – nichts als eine katastrophale Selbsttäuschung, ein gigantisches Missverständnis?

Ich atme schwer.

Die Fee, falls sie diesen Namen überhaupt verdient, beobachtet mich genau und zündet sich einen weiteren Stumpen an.

Jetzt lässt sie vom Islandmohn ab und stupst mit ihren Fingerkuppen das zarte Blattwerk des Feigenbäumchens an.

Handelt es sich bei dem Poesietrick womöglich um ein eigens für die Zielgruppe der sprachlich und/oder finanziell betuchten Senioren entwickeltes Betrugsmanöver, wie bei dem Enkeltrick, beispielsweise?

Worüber ich am meisten erschrecke: Ich habe mich so daran gewöhnt, diese aufdringliche Schabracke eine Fee zu nennen, dass ich auch in Zukunft an der Bezeichnung festhalten werde. Semantische Trägheit als Existenzstabilisator, eiserne Illusionsreserve; etwas Alltägliches in dieser Art.

Wann hilft uns schon, was wir erkannt haben und zu wissen glauben.

Plötzlich hellen sich die Züge der Fee auf und sie schleudert mir ein Lächeln ins Gesicht, als sei ich ein Leckerbissen aus feinstem Bütten.

Grass, raunt die Fee, ist das nicht der mit den Rezepten?

DAS HERZ IST EINE
JAPANISCHE TINTENFISCHFALLE

Meine erste, gar nicht so unvernünftige Frage, als ich wieder zu mir komme: Wo bin ich?

Diffuse Lichtverhältnisse; zwei Frauengesichter schweben in mittlerer Distanz über mir.

Ich erinnere mich, dass ich rasch nach der Post schauen wollte, ehe ich mich in der Küche mit dem Dünsten der Saiblingfilets beschäftigen würde. Ich erinnere mich, dass ich heute ein Prosabuch abgeschlossen und an den Verleger geschickt hatte. Ich erinnere mich, dass es zwölf geschlagen hat. Und dass ich, am Ende der Treppe, als ich in unseren Zwischenflur eingebogen bin, ein ozeanisches Schwindelgefühl erlebte, feierte oder erlitt, vom ebenso reinen wie bornierten Glück kaum zu unterscheiden.

Ich erinnere mich, dass ich, euphorisch irritiert, denken wollte: Ich falle! Aber dass mir für diesen Gedanken keine Zeit mehr blieb. Der schwere Fall gewann den Wettlauf mit dem federleichten Begriff mühelos.

Kopf und Schulter schmerzen. Und doch erfüllt mich sofort die Zuversicht: Steh auf und geh kochen oder schreiben. Dir ist kein Knochen im Leibe gebrochen.

Zwei Frauen beugen sich über mich.

Mein Herz ist mir peinlich. Es schlägt so schnell, als müsse es jemandem etwas beweisen.

Meine erste Sorge gilt dem Fisch, den ich auf dem Wochenmarkt an der Vogelweide eingekauft habe und jetzt zubereiten will.

Inzwischen hat sich ein fremder Mann zu den beiden Frauen gesellt, der sich als Notfallmediziner vorstellt. Ohne zu stocken oder mich auch nur einmal zu versprechen, nenne ich alle Medikamente, die ich einnehme, samt Dosierung und verordneten Tageszeiten. So, erinnere ich mich, habe ich einst in der Schule Gedichte aufgesagt. By heart.

Die diagnostischen Legenden, mit denen man mir meinen Fall zu erklären versucht, geben mir noch lange zu denken.

Schockstarre des Herzens! Die linke Herzkammer hat die Gestalt einer Tintenfischfalle angenommen und arbeitet kaum noch am globalisierten Blutkreislauf mit. Broken Heart-Syndrom, das besonders oft bei japanischen Frauen beobachtet werde. Vor Hochzeiten, bei Liebeskummer oder nach Lottogewinnen.

Tako-Tsubo.

Je länger der Arzt mit mir spricht, desto deutlicher wird mir, dass er auf ein Geständnis hinauswill: Stress!

Was ich gern zugebe: Ich habe ein weiteres Buch geschrieben und an den Verleger geschickt. Das mag eine schlechte Gewohnheit sein. Aber Stress?

Ich habe, wie meist übertrieben erwartungsvoll, im Briefkasten nach der Post geschaut, gegen zwölf Uhr mittags. Den eigenen Illusionen ebenso treu wie dem Schreiben.

Aber Stress?

Ich wollte, nach dem vergeblichen Gang zum Briefkasten, zwei Fischfilets dämpfen.

Das berechtigt niemanden, in mir eine japanische Frau zu vermuten.

Niemands Geheul

Eine Metropole erscheint, eine archäologische Sensation, entdeckt in der jüngsten Gegenwart. Allen Anzeichen nach eben noch bewohnt, plötzlich verflucht und ausgestorben. Von einer Katastrophe ohne Eigenschaften heimgesucht und sterilisiert.

Hochhäuser, die in einer menschenleeren Stadt grob desorientiert oder verlegen wirken. Von Menschen, Fahrzeugen, vitalen Vehikeln aller Art verlassene Straßen; keine Passanten, kein Verkehr. Eine Kamerafahrt durch eine Megacity der Unsichtbaren. Seriell geschnittene Amateurvideos; Gespenster führen Regie. Flackernde Monotonie.

In der Dämmerung kapitulieren alle Aussichten.

Dunkle Fassaden; dunklere Fenster. Kaum Lichtblicke.

Auf einer Tonspur rauscht etwas heran, wird lauter.

Nach einer Weile, mit dem Fortschritt der Finsternis, hebt niemands Geheul an, ein Jaulen und Wimmern und Stöhnen und Wehklagen, eine schwarze Cloud aus Schmerzen und Entsetzen, die alle Hoffnung auf Artikulation und Verständlichkeit aufsaugt und auslöscht.

Wolkenkratzer, die vor Hunger schreien.

Ein Notruf. Ein Nocturne a cappella. Sirenengesang, vermeintlich nicht von dieser Welt.

Wohl dem, der jetzt politische Knetmasse zur Hand hat, um sich die Ohren zu verschließen.

Der falsche Wirt.

Wo immer ich bei der Fee literarisch auf den Busch klopfe: Fehlanzeige.

Ob ich auf den *viszeralen Realismus* zu sprechen komme und was Roberto Bolano damit gemeint habe oder eins meiner Lieblingsverben fallen lasse, *herumscheitern*, und die Fee scharf beobachte, sie reagiert auf keine meiner Anspielungen.

Einmal erwähne ich den Titel *Flucht vor Gästen*, und die Fee fixiert mich finster und beißt sich auf die Lippen.

Könnte ich Gedanken lesen, stünde da womöglich geschrieben: ein potentieller Deserteur und Feenverräter.

Hier noch zwei Gemmen literarischer Situationskomik, mit denen mich die Fee beschenkt hat.

Jean Paul, rief ich emphatisch aus, in einem unkontrollierbaren Anfall grobmotorischer Didaktik, der mich in diesem Moment überwältigte.

Und wie heißt er mit Nachnamen, erkundigte sich die Fee, durchtrieben boshaft oder aufrichtig dumm. Wer wollte es entscheiden.

Lettau hielt die Fee für den Inbegriff einer Drogeriemarktkette, mit Sitz im mitteldeutschen Raum.

Seit einer Weile kursiert die beunruhigende Nachricht, auch in unserer Gegend sei es zu ersten Fällen von Affenpocken gekommen.

Im Radio wiegelt ein Tropenmediziner ab. Er halte diese vom Tier auf den Menschen übergesprungenen Krankheitserreger für nicht sonderlich gefährlich. Der Mensch sei für das *Monkeypox virus* ein Fehlwirt, wie übrigens der Affe auch. Ein Ernährungsirrtum, gewissermaßen. Eigentlich bevorzuge das Affenpockenvirus Nagetiere als Lebensraum, Rotschenkelhörnchen, beispielsweise. Dort werde es heimisch und komme auf seine Kosten.

Der Seitensprung zu Affe und Mensch erweise sich für das Virus als frustrierende Mangelerfahrung.

Ich horche auf.

Die Fee schlendert gelangweilt zum Balkon. Ich lasse sie nicht aus den Augen, weil ich weiß, wie gern sie Pflanzen ärgert.

EIN FADENSCHEINIGER TRAUM

Als ich mein weiches, in einem Ockerton gehaltenes Jackett aus dem verspiegelten Schrank hole, bin ich entsetzt. Es ist von Motten zerfressen und ruiniert.

Motten sind böse und dumm. Ein ruhiger, in seiner Klarheit betörender Gedanke, wie er einem nur im Traum glückt. Motten sind böse und dumm, und deshalb darf ich sie aus ganzem Herzen hassen.

Doch dieses reine Gefühl behält nicht lange die Oberhand. Schon beginne ich mich zu schämen, dass ich mein Lieblingsjackett nicht besser gegen die Mottenattacken geschützt habe.

Ich beschließe, es rasch und möglichst hinter U.s Rücken zu entsorgen. Nicht dass mir U. Vorwürfe macht, fürchte ich. Aber ich weiß, wie betrübt sie wäre, erführe sie, was die dummen und bösen Motten dem Jackett angetan haben.

Ich greife mir einen petrolfarbenen Stoffbeutel, um das von Motten verwüstete Jackett mit gebotener Diskretion zum nächsten Müllcontainer zu bringen. Erschrocken stelle ich fest, dass der Stoffbeutel fast ebenso schäbig ist wie das Jackett.

Ich beschließe, mit leeren Händen nach Hause zurückzukehren, falls ich jemals einen Abfallcontainer finde. Der peinliche Beutel sollte das Schicksal des Jacketts teilen und der Fernwärme zugutekommen.

Meine Hoffnung schrumpft mit jedem Schritt. Wo gestern noch Müllcontainer standen, lümmeln jetzt schlecht erzogene E-Scooter herum. In meiner Jugend, aber das fällt mir im Traum nicht ein, hätte man von Halbstarken gesprochen.

Verwirrt frage ich mich, ob ich mit meinem Abfall das Weite suchen soll. Freundlich unterstützt von einem Elektromotor.

Argwöhnische Blicke knabbern an mir, dem Lieblingsjackettverräter.

Die Elsastraße ist von Einkaufswagen gesäumt, wie sie in Supermärkten üblich sind. Dort wo sonst Autos parken. Außer mir scheint sich niemand darüber zu wundern.

Da enden meine Erinnerungen.

Traumreste versickern.

Heisshunger

Das hat sie noch nie gewagt: An einem Sonntag im Mai, gegen elf, saß die Fee auf meinem Schreibtischstuhl und lachte mir ins Gesicht, als ich das Arbeitszimmer betrat.

Wo stammt sie her, aus welchem ordinären Märchen, und warum hat sie ausgerechnet mich heimgesucht, fragte ich mich abermals, zitternd vor Empörung und unfähig, ein Wort über die Lippen zu bringen, als ich sie da sitzen sah, auf meinem Platz.

In einem ärmellosen Pulli aus Nickiplüsch, asphalt-grau. Die Arme über und über tätowiert. Ornamentales Bedeutungsgefuchtel und Parolen in Keilschrift. Heute, auf Nasenhöhe, roch die Fee stark. Moschus und Herren-aschenbecher kämpften um die olfaktorische Dominanz.

Die Finger der Fee spielten zärtlich mit einem eingerollten Konvolut, einem Typoskript von meinem Schreibtisch. Als sei es ein besonderer Leckerbissen. Gelegentlich schnup-perte die Fee an dem zur Rolle geformten Skript, mit obs-zönen Grimassen der Vorfreude. Der Appetit auf eine kräf-tige Papiermahlzeit stand der Fee im Gesicht geschrieben. Schlagzeilen des Heißhungers.

VIGNETTEN, sagte die Fee, ohne zuvor zu grüßen oder ein freundliches Wort an mich zu richten, ob das genießbar sei und wie ich die Geschmacksrichtung bezeichnen würde.

Für alle Fälle legte ich mir in vorauseilender Beflissen-heit ein paar Antworten zurecht.

Edelbitter. Scharfsüß. Gallelieblich. Ballaststoffreiche und handlungsarme Groteskriegel aus der prosaischen Lebens-mittelmanufaktur eines notorischen Etikettenschwindlers.

Billignüchtern. Pausenbrot. Luxusration. Pumpernickel, geschnitten oder artistisch zerkrümelt, utopische Winde abführend und der westfälischen Götterspeise nahe.

Du spielst, was du an dem Tag erlebt hast, warf die Fee beiläufig ein.

Ich horchte auf.

Der Satz gefiel mir. Vermutlich weil er mir bekannt vorkam.

Wollte mir die Fee imponieren, indem sie sich mit fremden Federn schmückte? Oder war es ein rhetorisches Ablenkungsmanöver?

Für einen Moment verblasste meine Sorge, dass die Fee gleich ihre Zähne in mein Typoskript schlagen würde.

Aber eben nur für einen Augenblick.

Vom Unsinn im Schleidenpark

Eine spontane Idee, ein Spleen womöglich: Ich wollte, an einem gewöhnlichen Vormittag Anfang Juni plötzlich ungeduldig, herausfinden, ob sich die unsterbliche Amsel im Schleidenpark auf- und an ihrer Stimmbildung festhielt. Oder ob sie inzwischen kapituliert hatte. Ich setzte mich, voller Sehnsucht nach den melodiösen schwarzen Phrasen, die die unsterbliche Amsel an den Himmel warf, auf eine Bank und lauschte. Aber sobald ich mich auf die Vogelstimmen zu konzentrieren begann, die Strauchwerk und Baumkronen ausschmückten und bei Tageslicht dunkel illuminierten, hob von der Nachbarbank her ein Brabbeln an, ein halbartikuliertes Selbstgespräch, störte meine akustischen Sondierungsversuche und riss mich aus der Vogelstimmenmeditation.

Ein Mann meines Alters, nur dicker und hässlicher, redete auf sich selber ein. Als er meine missmutigen Seitenblicke bemerkte, nickte er mir zu. Gönnerhaft zerstreut; mein Groll nahm zu.

Vielleicht spürte der dickere und hässlichere Alterskollege auf der Nachbarbank meine Gemütseintrübung, denn er wurde auf einmal deutlicher.

Er habe gerade in der Feßlerstraße einen Parkplatz gefunden, ein seltener Glücksfall. Den gebe er nun nicht so schnell wieder her. Die Wetterprognose sei gut, frühsommerliche Aussichten. Jetzt sei er im Begriff, sich online ein möbliertes Zelt zu bestellen und hierher liefern zu lassen. Gegen ein urbanes Campingevent sei nichts einzuwenden. Er habe Familie in der Nähe. Der Parkplatz in der Feßlerstraße sei unbezahlbar.

Ich hörte zu und staunte. Darüber vergaß ich sogar die unsterbliche Amsel, derentwegen ich in den Park gekommen bin.

Zwei Jungen kamen näher, vielleicht zehn und zwölf Jahre alt, und sie führten einen großen, schwarzen, leicht reizbaren Hund aus, an einer Doppelleine. Nur zu zweit konnten sie das rabiate Haustier bändigen und zurückhalten.

Dieser Hund war im Viertel berüchtigt. Seine verschlagene Bösartigkeit stand ihm in der Schnauze geschrieben, und er hasste alles, was sich frei bewegte. Der Hund hieß Mikojan, auch wenn er auf diesen Namen so wenig hörte wie auf irgendeinen anderen.

Wer Mikojan auf sich zukommen sah, wechselte beizeiten die Straßenseite.

Opa! Opa!, riefen die beiden Jungen. Ich erschrak zu Tode, denn ich befürchtete, sie würden vor Freude Mikojan von der Leine lassen.

Der Mann auf der Nachbarbank, der Dickere und Hässlichere, knubbelte leise fluchend an seinem Smartphone.

BLEICREME

Was fiele mir bloß ohne meine Zeitung ein.

Eine alte Frau fuhr forsch im Rollstuhl am Louvre vor. Sie passierte etliche Säle, gelegentlich Interesse an einem Bild simulierend, und traf schließlich, mit der notwendigen Geduld bewaffnet, vor der *Mona Lisa* ein. In dem Moment, der ihr vor dem unausdeutbaren Lächeln hinter Glas zugestanden war, erhob sich die alte Dame aus dem Rollstuhl, und man mochte es im ersten Augenblick staunend für einen Akt reiner Kunstlevitation halten. Dann riss sie sich die Perücke vom Kopf und ließ die Frauenkleider fallen, und es erschien ein junger Mann, der eine Cremetorte aus dem Rollstuhl hervorzauberte und gegen das gepanzerte *Mona-Lisa*-Schaufenster schleuderte. Ehe der ikonoklastische Held abgeführt wurde, gelang es ihm, die Blütenblätter einer Rose um sich auszustreuen.

Dann ergriff er die Hand des Sicherheitsmannes und folgte ihm wie ein gut erzogenes Kind. Aus mittlerer Entfernung hätte man sie für ein Paar halten können.

Anderswo fielen zur selben Zeit Krokodilen die Zähne aus. Schuld daran sei, so hieß es, der steigende Bleigehalt im Wasser der Lagune.

Vermischte Meldungen eines einzigen Tages! Und morgen geht es vermutlich so weiter.

Schon werden Vorschläge und Forderungen laut, überflüssige Milch in die Lagune zu schütten, zur Dentalprophylaxe der vom Hungertod bedrohten Krokodile.

Und bevor die Debatte über die multiple politische Inkorrektheit – der Auftritt eines als Frau verkleideten

Kunsttriebtäters im Rollstuhl! – sich in einen medialen Flächenbrand verwandelt, mache ich, immerhin der Autor, einen Punkt.

Herrlich, nicht nur die Hoheit über das letzte Wort, sondern auch über das unüberbietbare Satzzeichen zu haben.

Vielleicht der Bruder

Der Zug würde mindestens eine Stunde Verspätung haben.

Die einzigen Sitzgelegenheiten auf dem Bahnhofsvorplatz waren Poller und oder die breiten Einfassungen von Betonwannen für Stadtgrün.

Es war ein freundlicher Tag Anfang Juni. Ausgefranste Wolken trödelten im Blauen herum. Immer wieder wollte mir mein von langer Reiseabstinenz schlaffes Bewusstsein einflüstern, ich sei im Ausland. Aber ich war in Dortmund, am Rande des Bahnhofsvorplatzes. Ich wartete auf meinen Zug und schaute, was sich mir zeigte.

Vater und Sohn, Hand in Hand. Der Junge mochte zwölf sein. Nichts deutete auf Zwang oder Gewalt hin, wie die beiden den Platz passierten. Familiäre Vertrautheit, innig und prekär. Ich ließ sie nicht mehr aus den Augen.

Hand in Hand, von Papierkorb zu Papierkorb, von Müllkübel zu Müllkübel. War ein Etappenziel erreicht, lösten sich die Hände. Der Vater warf einen prüfenden Blick in das Behältnis voll Abfall und Unrat und griff professionell hinein, rasch zustoßend, wie ein Raubvogel am Meer, der nach einem Fisch schnappte. Manchmal tauchte die Hand mit einer Flasche auf. Viele Versuche blieben vergeblich. Der Junge schaute ernst und konzentriert zu. Hin und wieder verlor der Vater bei der Arbeit ein paar Worte, für mich unhörbar. Eine kurze Lektion in einer privaten Berufsschule.

Jetzt erst – mein schmales Gesichtsfeld spielte mir häufig einen Streich – entdeckte ich den dritten Mann. Er trottete etwa zwanzig Meter hinter Vater und Sohn her, und ich zweifelte keinen Moment daran, dass er zur Familie

gehörte. Der dritte Mann verfügte über eine Taschen-
lampe und kontrollierte, ob die Patrouille vor ihm etwas
übersehen hatte.

Vielleicht der Bruder.

EIN ZWISCHENFALL, DER NICHTS BEWEIST

An Lärm mangelte es uns im Haus noch nie. Stemmen, fräsen, bohren, hämmern, schleifen – Handwerker verdienten lautstark viel Geld und sich ihren Namen immer aufs Neue, indem sie sich die Klinke in die Hand gaben. In Pausen sprang gern die Müllabfuhr ein, oder ein hysterischer Rasenmäher, ehrenamtlich.

Aber das Geräusch heute im Treppenhaus unterschied sich sofort und phänomenal von den üblichen akustischen Belästigungen. Ich horchte auf.

Ein Knistern, ein scharfkantiges Schaben und Kratzen, ein Rascheln, das mühelos durch Türen und Wände drang, huschte treppauf treppab. Oder war es ein Kichern, was ich für ein Knistern hielt? Ich konzentrierte mich aufs Lauschen. Ganz Ohr, entging mir selten etwas. Was meinen Hörsinn betraf, war ich selbstbewusst, fast eitel. Manchmal erlitt ich einen mentalen Schwächeanfall und glaubte einen Augenblick lang an eine ausgleichende Wahrnehmungsgerechtigkeit, für meinen Schwachsinn, die Augenblödigkeit.

Bald verwandelte sich das zappelnde Geräuschbündel in ein Schmatzen, mit einem Stich ins Vulgäre. Und ehe ich mich verhörte, begann zu poltern und zu krachen, was da durch unser Treppenhaus tobte. Eher ein kantiges Etwas als ein rundes Nichts.

Die Geräuschkulisse eines Diebes, der dreist an einem Vormittag sein Glück versuchte? Der Einfall belustigte mich mehr, als dass er mir Angst einflößte.

Ich dachte plötzlich an die Fee und schaute nach ihr. Sie lag nebenan vor dem Klavier, auf der Seite, mit angewinkelten Beinen, und sie zitterte leicht. Mir war ihr Hang zur Gemütlichkeit längst nicht mehr fremd; die Fee blieb gern auf dem Teppich, dem nächstbesten.

War es ein akustisches Wetterleuchten, das unser ansonsten meist von trivialem Arbeitslärm verschmutztes Treppenhaus heimsuchte? Oder kullerten Kobolde über die Stufen? Handelte es sich um ein illegales Glücksspiel? Einen dreckigen Treppenwitz, der außer Kontrolle geraten ist?

Ein Crescendo im Diskant. Sich kreischend überschlagende Stimmen, Zischlaute der Niedertracht.

Dann Stille. Vorbei der Spuk.

Weder die Fee noch andere Hausgenossen, bei denen ich mich später erkundigte, wollten etwas gehört haben.

An diesem Tag – und deshalb werde ich ihn nie vergessen – nahm ich das *Deutsche Wörterbuch* von Jacob und Wilhelm Grimm zur Hand und schlug es aufs Geratewohl auf, so wie es einst Erweckungssüchtige oder Sinnhungrige mit der Bibel taten.

Dort fand ich, auf Seite 1411, sowohl FEE als auch FEGEFEUERNACHMITTAG.

Schlagt selber nach, falls euch jetzt die Worte fehlen.

Was für ein herrlicher Zufall, und dass er nichts beweist, spricht nicht gegen ihn, ganz gewiss nicht.

MOTIVE MOTIVE

Nichts deutet darauf hin, dass die Fee jemals wieder auszieht. Lange schrieb ich dies der schlaffen Gemütsverfassung unserer Mitbewohnerin zu, die sich einst märchenhaft brachial Zugang verschafft hat und dann einfach dablieb. Auf meinem Teppich hatte die Fee wirklich nichts auszustehen. Ihre Bedürfnisse waren gering, daran zweifelte ich nicht. Dass die Fee jenseits ihrer kapriziösen Launen nicht mit ihren Lebensumständen bei uns haderte, gab mir lange kaum zu denken. Vielleicht auch deshalb, weil ich selbst seit jeher dazu neigte, mein Leben als literarisches Gewohnheitstier zu fristen. Selbstbestimmte Monotonie galt mir noch nie als Schreckens- oder Schimpfwort.

Heute – keine Ahnung, warum gerade oder erst heute – alarmiert mich ein Verdacht und wühlt meine Deutungsträgheit auf.

Was, wenn sich die Fee bei uns versteckt hält und ihre Antriebsarmut nur simuliert? Aus Angst und auf der Flucht vor einer höheren literarischen Macht, die wir alle fürchten, wir Buchstabenzocker und Silbenjunkies? Die Fee hatte den Auftrag, mich dazu zu bringen, eine Suggestivfrage zu beantworten, und sie ist gescheitert. Niedergeschlagen. Ein Fiasko.

Dass die höhere literarische Macht gerne, selten zimperlich, und gelegentlich sadistisch mit ihrem Personal spielt, gilt als offenes Betriebsgeheimnis. Könnte es sein, dass ich das Verhalten der Fee als einen nonverbalen Asylantrag lesen sollte?

Was man sich heute sonst noch in unserer Gegend erzählt: In der Desenißstraße stieg in der vergangenen Nacht ein Einbrecher in eine Wohnung im Hochparterre ein und legte sich still zu der dreißigjährigen Mieterin ins Bett. Gegen 1.45 Uhr wachte die Frau auf, weil der Einbrecher sie zart an der Schulter berührte. Ob sie staunte oder erschrak und wie die Überfallene den Mann in die Flucht schlug, behält die Polizei aus ermittlungstaktischen Gründen für sich. Das Selbstverteidigungsrepertoire der Bevölkerung von Barmbek-Süd braucht, statistisch betrachtet, den Vergleich mit ruppigeren Stadtvierteln nicht zu scheuen.

Nur dass der Einbrecher aus der Wohnung in der Desenißstraße mit einem Sprung durch das offene Fenster floh, wissen wir. Er ließ seine Schuhe vor dem Bett zurück.

Die Fahndung läuft noch.

AUTARKSTUDIO

In der U-Bahn, auf dem Weg zum Norddeutschen Rundfunk, gingen mir Spekulationen über den literarischen Dienstgrad der Fee durch den Kopf, zwischen Diva und Zofe. Ihr Fall beschäftigte mich mehr, als ich es mir eingestehen wollte. Auf der Fahrt von Barmbek zur Kellinghusenstraße log die U-Bahn unverschämt fröhlich, während sie Ausläufer des Stadtparks und noble Winterhuder Villenprospekte passierte. Von wegen unterirdisch. Die Bahn tauchte kein einziges Mal ab. Warum auch. Hier gab es keinen Grund, sich zu verstecken.

Ein Freund und Sympathisant aus der Literaturredaktion von Deutschlandfunk Kultur hatte mich zu einem Live-Gespräch anlässlich meines jüngsten Buches eingeladen, von Studio zu Studio, zwischen Berlin und Hamburg.

Ich traf, ohnehin ein Pünktlichkeitsberserker, beinah vierzig Minuten vor Beginn der Sendung an der Pforte des weitläufigen Radioterritoriums ein. Gut vorbereitet und gelaunt; gleich hörte mir Deutschland zu.

Vielleicht lag es an der Mütze, dass ich bei dem Pförtner an eine adipöse Karikatur von Helmut Schmidt denken musste. Er warf einen Blick auf mein Einladungsschreiben, taxierte mich, als seien mir querulantische Absichten ins Gesicht geschrieben und händigte mir eine Lageskizze des Radiogeländes aus. Mit einem Kreuz markierte er das für mich reservierte Studio. Dort würde mich ein Mitarbeiter erwarten.

Das topographische Blatt war einem Laserdrucker abgetrotzt, der heroisch seinen letzten Tropfen Toner einsetzte. Ich sah schraffierte Flächen, ästhetisch nicht ohne Reiz.

Plötzlich redete jemand leise auf mich ein, eine heisere, sich vor Wut überschlagende Stimme, von hinten. Ich schaute hoch. Eine abgerissene, alterslose Gestalt mit einem Instrumentenkoffer; prekärer Zahnstatus wie Chet Baker. Man erwarte ihn zu einer Probe im großen Sendesaal, aber der Fettsack in der Pförtnerloge verwehre ihm den Einlass, raunte mir der vom Glück sichtbar kaum begünstigte Mann zu.

Ich legte mein ganzes ohnmächtiges Bedauern in ein Achselzucken und ging weiter.

Dass ich mich auf dem Weg zu meinem Studio erst einmal verlief, trübte meine Vorfreude kaum. Bald half mir eine der wenigen Passantinnen weiter.

Kein Mensch, nirgends. Vor kurzem noch hätte jemand angesichts dieser Anomalie auf einem Betriebsgelände einen gutmütigen Witz über eine Neutronenbombe gerissen, die kürzlich hier detoniert war. Jetzt assoziierte man pandemische Verwüstung. Aber das kann sich ja wieder ändern.

Achtzehn Minuten vor der verabredeten Zeit für das Live-Gespräch stand ich vor meinem Studio. Die Tür war verschlossen. Niemand weit und breit, den ich hätte fragen oder um Hilfe bitten können. Ich lief den Flur auf und ab und stieg in die nächsthöhere Etage. Verlassen, aufgegeben, unbewohnt. Das Einzige, was sich bewegte, waren die Zeiger der großen runden elektrischen Uhr an der Stirnseite des Flurs, mit sadistischem Gleichmut.

Nicht nur ein Monster an Pünktlichkeit, sondern auch an bürokratischer Umsicht, hatte ich vorsorglich alle möglichen Telefonnummern mitgebracht, für solche Fälle wie diesen.

Zuerst rief ich den Pförtner in seiner Loge an. Es sei längst jemand unterwegs, beschied er mir ungehalten.

In einer Teeküche fand ich ein sauberes Glas und füllte es mit Wasser aus der Leitung.

Noch fünf Minuten. Jetzt begannen die Nachrichten, und ich fing an, die deutschen Hörer zu bedauern, die nicht ahnen konnten, was ihnen gleich entgehen würde.

Die Tür des Studios war und blieb verschlossen.

Von meiner eigenen Kaltblütigkeit überrascht, wählte ich jetzt die Nummer der Techniker vom Deutschlandfunk Kultur in Berlin. Sie hatten die Verbindung der Studios arrangiert.

Fassungslos und entsetzt versprachen die Gewährsleute des Senders, der mich eingeladen hatte, sich sofort kümmern zu wollen.

Ich nickte stumm, trank einen Schluck Wasser und wartete weiter.

Rückruf aus Berlin: Man habe das Problem zwar noch nicht gelöst, aber mein Gesprächspartner – mit dem ich jetzt hätte sprechen sollen – ziehe die Krimikolumne innerhalb der Sendung vor.

Ein Schnaufen näherte sich. Der Pförtner erschien und schloss, tief gekränkt, die Tür auf. Kaum waren wir eingetreten, ließ der Pförtner beiläufig die Bemerkung fallen, ich sei hoffentlich darüber informiert, dass es sich hier um ein Autarkstudio handele. Die Bedienungsanleitung stehe auf den Schautafeln an der Wand.

Ich verlor die Beherrschung, wie es mir bis zum Fausthieb gegen die Fee nicht mehr geschehen würde, und war außer mir; ein Filmriss im Hörfunk. Ob ich gebrüllt oder um mich geschlagen habe; keine Ahnung.

Als ich wieder zu mir kam, zitterte der Pförtner, der gerade noch auf den Absätzen hatte kehrtmachen wollen, am ganzen Leibe. Ich trug inzwischen einen Kopfhörer, und der Pförtner drückte ein paar Knöpfe.

Schon hörte ich, wie mich mein literarischer Freund begrüßte. Ich schaute aus dem Fenster ins Blattwerk einer Birke und öffnete den Mund. Was mir auf der Zunge lag, es war ganz nach meinem Geschmack. Ich verließ mich auf meine Stimme.

Der Rest ist Radiogeschichte.

Für Joachim Scholl

GENRESKIZZE

Ich sitze vor meinem Schreibtisch und lese, entrückt und selbstvergessen. Dabei sehe ich selten intelligent aus; jedenfalls behaupten das Augenzeugen gerne und unisono.

Die Fee lümmelt auf dem blauen Sofa herum und knabbert gelangweilt an Zeitungsteilen von gestern, mit einer Vorliebe für *Finanzen*.

Wäschst du dein Geld regelmäßig? Etwa so oft wie die Haare?, fragt mich die Fee plötzlich halblaut. Dass sie sich auf einmal für häusliche Hygiene interessiert, verblüfft mich.

Ich schaue vom Buch hoch, genervt und amüsiert zugleich.

Ein semantischer Kurzschluss elektrisiert mein Bewusstsein allemal. Geld und Haar. Was geht mir eher aus, welchen Verlust fürchte ich weniger? Reicher Glatzkopf mit kleinem Wortschatz oder Schriftgelehrter mit realer stilistischer Lockenpracht und Pflichtgirokonto bei der Volksbank?

Abrupt wechselt die Fee das Thema.

Was liest Du?

Viktor Schklowskij, *Sentimentale Reise*, höre ich mich sagen und ärgere mich sofort über meine Beflissenheit.

Kenne ich nicht, poltert die Fee.

Aber sie habe da noch eine Frage. Warum liest du überhaupt noch, in deinem Alter. Du fährst, statistisch betrachtet, bald in die Ohlsdorfer Grube, und dein ganzes Leseleben wird in einem Augenblick zu einem Abgrund der Vergeblichkeit. Glaubst du an literarische Gourmets, an poetische Feinschmecker unter den Würmern, die über deinen Hirnbrei herfallen? Könnte es nicht ein letzter tröstlicher Gedanke auf dem Sterbebett sein: Mit dem

Dante habe ich gar nicht erst angefangen; nun muss ich ihn auch nicht schon wieder vergessen?

Während ich kalt registriere, was die Fee da schwadroniert, fasse ich einen Vorsatz. Schluss mit dem Schmarotzerleben! Ab morgen verpflichte ich die ungebetene Wohnungsgenossin, etwas für ihren Lebensunterhalt zu tun, eine Aufgabe im Haushalt zu übernehmen.

Und ich habe auch schon eine Idee, die mich entzückt und ins Schwärmen bringt. Die Fee soll mir morgens die Zeitung bügeln, die geknickt und zerknittert im Treppenhaus darauf wartet, dass ich sie auflese.

Diese herrliche Vorstellung hilft mir dabei, dass sich mein Gedankentumult langsam legt.

Worüber ich mir nun, mit einiger Verzögerung, den Kopf zerbreche: Habe ich in Anwesenheit der Fee jemals das kleine Grundstück in Ohlsdorf erwähnt? Woher weiß sie sonst davon?

Dass einen das Personal in Büchern, Kneipen und anderen Geschäften neuerdings umstandslos duzt, sollte mir in meinem Alter schmeicheln.

EISZEIT UND METHODE

Gestern haben die Fee und ich zum ersten Mal gemeinsam die Wohnung verlassen.

Wie konkret das Vorleben der Fee ausgesehen haben mag, es hatte mich bislang nie besonders interessiert oder beschäftigt. Ich hielt sie für eine weisungsgebundene Agentin einer höheren literarischen Macht. Eine niedere Charge. Basta.

Ob ich etwas vom urbanen Containern verstünde?, erkundigte sich die Fee vor unserem Ausflug unvermittelt bei mir. Eilbek mit seinen Supermärkten gelte unter den Professionellen der Szene als ein ergiebiges und risikoarmes Jagdrevier. Das sei doch ganz in der Nähe, da würde sie sich gern selbst ein Bild machen.

Ich willigte in den Spaziergang ein, noch bevor ich mir im Klaren war, ob ich mit der Fee draußen gesehen werden wollte.

Kaum auf der Straße, steckte sich die Fee einen Stumpen an. Fragende oder bohrende Blicke einiger Passanten verdunkelte sie fröhlich mit Rauchschwaden.

Die Gesamterscheinung der Fee war für meine Begriffe zwar alterslos, aber dass sie deutlich jünger wirkte als ich, daran mochte niemand zweifeln, auch ich nicht. Meine Begleiterin trug ein ärmelloses Shirt. Die Tattoos an den Oberarmen oszillierten zwischen Arabesken und Hieroglyphen; ptolemäisches Ägyptisch. Bildparolen von kalkulierter Unverständlichkeit.

Als wir den Park hinter der Schön Klinik durchquerten, fing die Fee plötzlich an zu sprechen.

Ihr selbst könnten die Lebensmittel aus den Containern gestohlen bleiben. Ihr genügte, wie ich wisse, eine Ration Altpapier zum Überleben. Aber der Chef habe in seiner an Dummheit grenzenden Gutmütigkeit ein Feenkollektiv zum Containern abkommandiert. Für eine Autorentafel. Von Zeit zu Zeit bitte der Chef alle hungrigen Schrifttypen zu einem Gratisbankett.

Mich noch nie, hörte ich mich perplex antworten.

Hast du es denn nötig?, fragte die Fee maliziös zurück.

Dass der argumentative Ausfallschritt, der sich durch nichts ankündigende Überraschungsangriff zu den rhetorischen Methoden zählte, deren sich die Fee gern und oft bediente, war mir nicht neu.

Scharfkantig, sagte die Fee leise, scharfkantig. Ist das nicht eine deiner Lieblingsvokabeln? Du heftest dieses Attribut gern Prosapassagen an, die dir gefallen. Und verstehst es als Auszeichnung.

Warum nicht hammerhart? Oder hoch explosiv? Scharfkantig!

Ich glotzte die Fee begriffsstutzig an. Worauf wollte sie hinaus?

Nun geriet die Stimme der Fee, in der Nähe eines Eilbeker Supermarktes und seiner Containerreserven, erst richtig in Fahrt.

Potz Spitzhacke und Eispickel, potz Brecheisen und Winkelschleifer – was für obskure Prosawerkzeuge! Könnte es sein, dass dir dein literarisches Unterbewusstsein einen Streich spielt und den Pawlowschen Sprachreflex *scharfkantig* zur ständigen Wiederholung empfiehlt? Ein parasitärer Ohrwurm legt dir das Wort immer wieder auf die Zunge.

Sie sei, so die Fee, vor Eifer atemlos schnaufend, kürzlich, als sie sich wieder einmal in meinem Arbeitszimmer gelangweilt habe, in einem gelben Buch auf ein sonderbares Prosastück gestoßen, eine verquaste Großmetapher.

Ein Buch solle wie ein Beil auf das gefrorene Meer in uns einhacken.

Ein gefrorenes Meer! Ob ich in meinem Inneren etwa mehr als einen viszeralen Tümpel vermutete? Und selbst wenn ein Buch dieser brachialen Aufgabe gewachsen wäre und ein paar Eiswürfel herausschlüge – Salzwasser! Diese Eiswürfel taugten nicht einmal für Cocktails.

Die Legende von der Urkunde

Er war einer vom Jahrgang 1920. Keiner oder kaum einer seiner Altersgenossen hatte die Wahl, zwischen Ost- oder Westfront, beispielsweise, falls es nicht noch schlimmer kam. 1920 geborene Kinder männlichen Geschlechts hatten, wie ihre Nachbarjahrgänge auch, durch den Zufall ihrer Geburt keine hohe Lebenserwartung, was immer das heißen mochte.

Jemand segnete ihn im Mutterleib und schlug ihm kräftig auf die Hüfte. Er kam 1920 als Hinkebein zur Welt. Ein Glücksfall, wie es sich spätestens neunzehn Jahre später erweisen sollte.

Wir nannten ihn Papa, als es uns endlich gab und sobald wir sprechen konnten, weder Vater noch Vati, meine Schwester und ich. Das fing während der Diktatur des Proletariats in Gestalt einer Volksdemokratie an. Wir hielten noch im Alter an dieser Anrede fest, Papa. Dass es ein wenig lächerlich klang, wog weniger schwer als der Wert einer eingefleischten Gewohnheit.

Ein Bein kürzer als das andere, taugte er nicht für den Krieg. Nach dem Abitur, als seine Jahrgangsgenossen keine Wahl zwischen den Fronten hatten, verließ er seine Heimatstadt Dresden und zog guter Dinge nach Wien, um an der Hochschule für Welthandel zu studieren. Außerdem hörte er in Wien begeistert Beethoven, am liebsten im Freien. Einmal, während einer Aufführung der *Pastorale* im Garten von Schönbrunn, zog ein Sommergewitter auf und wieder ab, synchron zum musikalischen Geschehen. Die Szene zählte bald zum Kernbestand des familiären Anekdotenschatzes.

Im Laufe seines Studiums an der Hochschule für Welthandel in Wien avancierte die Wirtschaftsgeographie zu Papas Lieblingsfach. Die Promotion, die Papa in spe 1944 vorlegte und Anfang 1945 verteidigte, handelte von geoökonomischen Perspektiven ukrainischer Weizenvorkommen. Blonde Unermesslichkeit, fesch bis zum Horizont, deutsch. Dr. rer. pol.

Im Frühjahr 1945 war Dresden – ein historischer Gemeinplatz – völlig ruiniert; eine Trümmerwüste, ein Scherbenhaufen, eine Barockschutthalde, eine Schädelstätte.

Der Wiener Absolvent war inzwischen in die unaufgeräumten Überreste seiner Heimatstadt zurückgekehrt. Da traf, pünktlich und unversehrt, seine Promotionsurkunde bei ihm ein, per Post. Ein weiteres Wunder großdeutscher Zustellungskunst. Fabelhaft.

Wo eben noch das Reich vorherrschte, möblierte nun der Sozialismus seine Kinderstube und rief volksdemokratisch die Diktatur des Proletariats aus. Dr. rer. pol. – dem Titel haftete plötzlich der Verwesungsgeruch bürgerlich-faschistischer Ökonomie an. Er wurde geduldet. Er bedeutete nichts. Ein antiquiertes Relikt.

Dass eine vollkommene Nutzlosigkeit Sympathie erweckte und Zuneigung anfachte, das Phänomen ist Anthropologen vermutlich nicht unbekannt.

Papa hing an seinem Doktortitel wie an einem Lieblingsspielzeug aus akademischen Kindertagen.

Ich sehe ihn, wie er bedächtig eine Nummer auf dem klobigen schwarzen Telefon wählt. Ich höre seine Stimme: Taxizentrale? Bitte einen Wagen in die Leninstraße 13 für Doktor Hegewald.

39,7 Grad

Ein Hitzerekord lag in der Luft, an diesem Tag im Juli in Barmbek-Süd. Nicht nur Meteorologen fieberten dem Superlativ entgegen.

Jeder mied überflüssige Bewegungen.

Die Fee hechelte diskret.

Ich las in der Zeitung, sehr langsam.

Die Fee beobachtete mich bei meiner Lektüre. Heute schien Lethargie an die Stelle ihres chronischen Heißhungers getreten zu sein.

Lies laut!, befahl mir die Fee plötzlich; dieses Kommando ließ mein Nachdenken über unser Dienst- und Rangverhältnis kurz aufflackern.

Zu meiner eigenen Verblüffung gehorchte ich. Ich deklamierte den nächsten Satz, der mir vor Augen stand. Ohne Einleitung, ohne Übergang. Dem Zusammenhang traute ich schon lange nicht mehr; ein weit überschätzter Begriff.

Bei Reptilien entscheidet die Temperatur im Gelege über das Geschlecht der Nachkommen.

Dann waren wir beide eine Weile still.

Die rhetorische Thermik im Raum war ideal. Der Satz stieg langsam auf, umflatterte und liebkoste kurz mein Stehpult und kreiste lange unter der Decke, in anmutigem Gleitflug. Ohne grammatische Energie zu verschwenden.

So harmonisch hatten wir noch nie zusammen geschwiegen, die Fee und ich.

In der kommenden Nacht regnete es.

Diese Fahrt endet hier

In Barmbek wechselte ich auf demselben Bahnsteig die Seite und wartete einen Moment auf meinen Anschlusszug Richtung Schlump.

Wahrscheinlich mache ich mich lächerlich, wenn ich es verrate: Beim Umsteigen dachte ich über den Sinn nach. Den Sinn an sich. Nicht den Sinn des Ganzen, diese beliebte populistische Parole gängiger Aufklärungseinfalt.

Ein Bekannter von mir sprach spöttisch von *Erbarmbek*, wenn er die Gegend meinte, in der ich lebte. Mit der Zeit wurde es ihm zur Gewohnheit, zwanghaft wie ein Tick. Vielleicht kam mir deshalb beim Zugwechsel in Barmbek der Sinn in den Sinn.

Ein Pulk von Passagieren. Nur wenige Schritte von mir entfernt eine Frau in einem ärmellosen Sommerkleid, winzige stilisierte blaue Blüten auf hellem Grund; der Stoff schien zu schweben. Die Frau, Mitte Vierzig, schlank, entschieden gestikulierend, antwortete einem neben ihr stehendem Mann, der sie etwas gefragt haben musste.

Nein, sie fürchte nicht, dass Putin Lettland angreife. Der Meeresspiegel steige unaufhaltsam, und ihr Land ginge sowieso bald unter. Und warum sollte Putin ein Land überfallen und erobern, das demnächst versunken sein werde?

Die U-Bahn fuhr ein.

Ich kehrte in Gedanken zum Sinn zurück.

Der Unsinn, dachte ich, ist nicht der Feind des Sinns. Der Unsinn verfolgt und verhöhnt den Sinn nicht. Beim Unsinn handelt es sich um einen grammatischen Verwandten ersten Grades: der Konjunktiv des Sinns.

Eine Station später war ich am Ziel und stieg aus.

Nebenschauplatz

Meine Nervosität zu kaschieren, gelingt mir kaum. Die Fee wittert etwas.

Derzeit bereiten Arbeiter von der Firma ASTWERK auf unserem Grundstück den Zugversuch vor, von dessen Ergebnis das Schicksal der doppelstämmigen Robinie abhängt. Nur wenn der Baum, technisch kontrolliert, seine Widerstandskraft unter Beweis stellt, gilt er nicht länger als Sicherheitsrisiko und wird befristet verschont. Dass wir in diesem Sommer halbwegs bei Troste bleiben, verdanken wir nicht zuletzt dem filigranen Lichtspiel, das uns die Krone der Robinie bietet, Tag für Tag, auf unserem Balkon.

Vor einigen Monaten drang ein feindlicher Bagger in aller Frühe auf unser Grundstück vor, riss den Boden auf und attackierte die Wurzeln der Robinie. Wir erinnern uns genau. Es ist notiert. Niemand hat die Absicht, die Robinie zu fällen, skandierte die feindliche Hausverwaltung, während der Bagger, falsch beflaggt, auf unserem Grundstück wütete.

Seither ist die Robinie gefährdet. Nun entscheidet der Zugversuch, ob wir abermals eine Aussicht verlieren.

Habe ich mich verhört?

Die Fee wirft einen Satz hin, als spräche sie mit sich selbst.

„Frauen sind die besseren Köchinnen."

Doppelt grotesk, wenn dieser Sprachunfug einer über die Lippen kommt, die von altbackenem Papier lebt.

Will mich die Fee von meiner Sorge um die Robinie ablenken? Oder sucht sie zum Zeitvertreib ein kleines Satzscharmützel?

Das kann sie haben.

Sortes Vergilianae, sage ich großspurig und genieße es einen Augenblick lang, wie blöde die Fee glotzt.

Dann schlage ich mein Buch auf, Seite 247. Es handelt von Kriegsgräuel, schrecklich komischer Revolutionsroutine, dem Knirschen der menschenmahlenden Geschichtsmühle, deren Zweck es ist, in Bewegung zu bleiben.

Die Fee gähnt.

„Ohne Weiber kann das Essen so gut sein, wie es will, es fehlt trotzdem was.", lese ich laut vor.

Draußen steigt ein ASTWERK-Geselle an der Robinie empor und legt eine Schlinge um die Doppelkrone.

Die Fee schaut scheel drein.

Vielleicht scheut sie ein Satzgeplänkel mit mir und will lieber auf ein Blickduell hinaus.

OPOJAS

Meistens gehe ich achtlos vorüber.

Am Anfang unserer Straße, oder am Ende – wer entscheidet das eigentlich? –, befindet sich das chinesische Restaurant *Zum goldenen Drachen*. Wann immer ich hier vorbeikomme, steht die Tür einladend offen, und das Lokal ist menschenleer. Kaum jemals Gäste, sehr selten eine servile Silhouette, ein Schemen im Halbdunkel. Hier kochen und bedienen Schatten, und hier kehren Gespenster ein.

Von Geisterhand immer neu aufgelegte Tischtücher, strahlend weiß. Besteck, Kunstblumen, chinesischer Nippes. Kein Staub; eine makellose Ordnung.

Einmal saß ein hochgradig unauffälliger Mann in einem grauen Anzug zweiundvierzig Minuten vor einer Cola light, als wolle er demonstrieren, wie einer aussieht, der keiner Fliege etwas zuleide tut. *Zum goldenen Drachen.*

Ich selbst habe ihn beobachtet und die Zeit gestoppt.

Seit ein paar Wochen prangt ein Graffiti, granatrote Versalien, auf einer schlammgrauen Fassade, ganz in der Nähe: OPOJAS. Ob die Chiffre mit dem Geheimnis des verwunschenen Lokals korrespondiert, schwer zu sagen.

Über den Daseinszweck dieses Restaurants kursieren allerlei Spekulationen.

Die Kulisse eines fernöstlichen Märchenfilms, dessen Produzenten das Geld ausgegangen sei.

Eine traumhafte Location.

Ein Abschreibungsobjekt.

L'art pour l'art der organisierten Kriminalität.

Ein befreundeter Arzt lachte laut, als ich ihm von diesem Chnesen im Dornröschenschlaf berchtete.

Er, so der Arzt, der sch an senem Gelächter fast verschluckte, plädere schon lange für en Krankenhaus ohne Patenten. Was für en herrlcher, unvorstellbar rener Ort... Die Vste als rtuelles Selbstgespräch. Kemfree Kontemplaton! Die Klnk an sch!

Pank pur.

Während ch schrebe, st en Vokal aus menem Geschtsfeld desertert.

Außer mr starre ch auf die Tastatur und kann es ncht fassen. Weg!

Vellecht zum unhemlchen Chnesen übergelaufen!

Was für eine Erleichterung, als plötzlich, ich habe nicht auf die Uhr geschaut, das I wieder auftaucht und sich nichts anmerken lässt. An seinem angestammten Platz, zwischen U und O. Ein übler Streich, den mir das I zusammen mit obskuren Agenten aus meinem Augenhintergrund gespielt hat. Aber jetzt flutet überschießende Euphorie, nicht Rachsucht. Ich freue mich über den starken Familiensinn der Vokale. Wie das U und das O das I in die Mitte nehmen und die Selbstlautclique am Ende doch zusammenhält!

Als ich mich halbwegs von der Panikattacke erholt habe, fragt mich die Fee, was ich mit der *Gesellschaft zum Studium der Theorie der poetischen Sprache* am Hut hätte?

Ich zögere, ihr zu antworten.

DIE NEUE ZEIT

Wer erzählt, kann viel erleben, wenn er seinen Sinn für Vermischte Meldungen in der Zeitung schärft, ob überregional oder in der Provinz. Diese zwischen Klatsch und Gerücht, zwischen Sensationslust, abgründigen Alltagsepisoden und existentieller Situationskomik angesiedelten Nachrichten aus der bewohnten Welt kommen nicht selten als skelettierte Kurzgeschichten daher und haben eine Menge zu bieten. Den vielgerühmten Stoff von der Straße überlassen wir gern den Storytellern und narrativen Naturburschen.

Zu journalistischer oder literarischer Reputation haben es die Vermischten Meldungen nie gebracht und sich inzwischen wohl damit abgefunden, ihr Dasein auf der letzten Seite zu fristen.

Wieviel ärmer an Denkbildern und Kalendergeschichten wären wir, hätten wir die Vermischten Meldungen nicht. Das gilt auch für uns in Barmbek-Süd.

N., beispielsweise, ist ein Kaff, das noch nie von sich reden machte. Bis vor Kurzem.

Wer einen nennenswerten Schlag im rapsreichen Umland hat und die Jagd schätzt, schickt seine Kinder auf das Fachgymnasium für Gärtner, Förster und Bauern in N. Clint Eastwood, der einmal erklärt hat, Grund und Boden sei die einzige Form von Besitz, die er verstehe, gäbe einen guten Schirmherrn für die unter der Last der Tradition keuchende Schule ab.

Aber falls N. wirklich überregional bekannt sein sollte, so wegen des Klosters. Seine Geschichte ist lang. Heute beherbergt es eine evangelische Eventagentur.

Soweit die Erinnerung zurückreicht, läuten die Kloster-glocken den Sonntag und jeden Gottesdienst ein, und die Klosteruhr schlägt alle Viertelstunde, tags und nachts.

Und ohne die aufmerksame Lektüre der Vermischten Meldungen hätten wir nie erfahren, dass in N. gerade ein Glockendrama seinen Lauf nehme und den Gemeinde-frieden gefährde.

Eine Frau sei in N. neu zugezogen, in eine klosternahe Wohnung. Nur wenige Wochen später habe die Frau, von der wir nicht mehr als dies wissen, einen harschen Brief an die Ortsgemeinde geschrieben. Fasse man das Schreiben zusammen, so handle es von der existentiellen Belästigung und pathogenen Ruhestörung durch die akustische Zeit-ansage, von der die Kirchenglocke weder am Tag noch in der Nacht ablasse. Die christliche Minderheit in Nordelbien genösse auch ohne den die Gesamtbevölkerung nerven-den Glockenschlag noch genügend Privilegien. Sie fordere, so schrieb die uns ansonsten völlig unbekannte Frau, das Gebimmel unverzüglich abzustellen, bevor ihre Schlafstö-rung chronisch würde. Ansonsten behalte sie sich weitere Schritte auf dem Rechtsweg vor.

Inzwischen, manchmal verbirgt sich hinter einer anonymen Meldung eine veritable Plaudertasche, sei ein weiterer Brief in Glockenangelegenheiten bei der Orts-gemeinde eingetroffen. Verfasst von einem wegen seiner unverblümten Art geschätzten oder gefürchteten Bestat-tungsunternehmer, dessen Familie seit Generationen in N. ansässig sei.

Sollte man der Klage der zugezogenen Frau stattgege-ben, so der Bestatter bündig, dann werde sein Anwalt tätig.

Für ihn, den Briefschreiber, zähle das Geläut der Kloster-kirche zum vertrauten Lebensinventar, zu den unverhan-delbaren regionalen Sitten und Gebräuchen, wie Hoch-zeitssuppe und Sargschmuck. Und hörte die Klosterglocke, so der Bestatter weiter, in der Nacht plötzlich zu schlagen auf, führe er vermutlich erschrocken aus dem Schlaf hoch, weil etwas fehle: der Kitt der Träume.

Die kritische Nachfrage, ob ein Bestatter so spricht oder schreibt, muss sich die Zeitung gefallen lassen. Manchmal gehen eben einem anonymen Autor stilistisch die Pferde durch.

Hoffentlich erfahren wir Kirchenklatschjunkies jenseits des Landkreises N. eines Tages, wie es mit der Glocken-fehde weitergegangen sein wird.

Showdown, Shitstorm; alles andere als Langeweile jedenfalls, vermuten wir.

Die Himmelsrichtung wechseln

Nicht nur der Süden, wie etwa in Gestalt der Lüneburger Heide, hat seine Reize, auch der Norden kann attraktiv sein, von der Berthastraße her. Wir haben Mitte August eine Verabredung in S. Die Stadt liegt an der Schlei und hat einen Dom und einen Bahnhof. Davon können andere Städte nur träumen.

U. reist voraus, ich folge ihr einen Tag später.

Gegen Mittag treffe ich mit einer prall gefüllten Reisetasche, einem vermutlich mit Wackersteinen gefüllten Koffer und einem Rucksack in S. ein und halte vor dem Bahnhof nach einem Taxi Ausschau. Nichts in Sicht.

Da mir dieser Engpass in S. nicht ganz fremd ist, habe ich die Rufnummern etlicher lokaler Taxiunternehmen in meinem Handy gespeichert. Mein auf Ordnung bedachter Biedersinn gebietet mir, mit der ersten zu beginnen. Die Sonne lässt sich in diesem Sommer nicht lumpen, auch im Norden nicht. Die Temperatur auf dem Bahnhofsvorplatz von S. beträgt 29 Grad Celsius. Eine Männerstimme herrscht mich an, was ich wolle. Ein Taxi am Bahnhof, antworte ich matt. Das sei derzeit völlig unmöglich, erklärt mir der Mann aus der Zentrale, er schicke in etwa fünfzig Minuten Julius vorbei. Dann beendet er das Gespräch, bevor ich mich bedanken kann. Ich wähle die zweite Nummer aus meinem Verzeichnis. Der Mann erkennt meine Stimme sofort wieder. Warum ich ihn so nerve? Julius sei fast schon unterwegs.

Früher, als ich noch ehrgeizig war, auf die Zeit achtete und Vokabeln wie Urlaub gebrauchte, wäre ich vermutlich wütend geworden. Jetzt weiche ich in ein halluzinations-bereites Warten aus.

Nach einer Weile kommt ein artgerecht angezoge-ner Weihnachtsmann vorbei. Schwerer roter Mantel und dicke Pudelmütze, beides mit üppiger weißer Borte. Dass ich auf der Stirn des aus der Jahreszeit Gefallenen keinen Schweiß entdecke, mag an meinen Augen liegen.

Kurz darauf fällt mein Koffer grundlos um. Die Hitze.

Da mir in S. noch nie Strauch- oder Gepäckdiebe auf-gefallen sind, lasse ich meine Sachen ein paar Minuten unbeaufsichtigt und trete in die die kühle Bahnhofshalle ein. Kahl, tot, dreckig; die Wände mit Pressspanplatten vernagelt. Rechts ein Schlupfloch zu einem ReiseCenter. Wer in diesen Bahnhof gerät, entgeht einer Panikattacke nur, indem er sofort ein Ticket kauft, egal wohin. Verkaufs-psychologisch eine perfekte Inszenierung.

Nach zweiundvierzig Minuten trifft Julius mit einem Kleinbus ein. Ich sollte mich freuen.

Wohin?

Julius geht sparsam und energiesparend mit seinen Worten um.

Nach Bartleby.

Schon setzt Julius wegen dieser topografischen Verar-schung zu einem ausgewachsenen Fluch an, da korrigiere ich freundlich: zum Stadthafen.

Passage mit Julius

Wir sind unterwegs.

Manchmal knurrt Julius leise. Er grollt mir wohl immer noch wegen des unmöglichen Zieles, das ich ihm genannt habe.

Hätte ich erklärt, er möge mich nach Rieseby bringen, seine Züge hätten sich vermutlich sofort geglättet und aufgehellt.

Auf dem Weg nach Krieseby, auch ein denkbarer Wunsch eines generösen, gut betuchten Fahrgastes, hätte er vielleicht versucht, mein Freund zu werden.

Von Brodersby ganz zu schweigen, oder von Sieseby, was ein Ortsteil von Thumby ist.

Selbst Schuby hätte für Julius noch als gutes Geschäft gegolten.

Kaum dass ich in den Kleinbus eingestiegen bin, eröffnet mir Julius übellaunig und ungefragt, er hasse touristische Adressen wie den Stadthafen. Er befördere eigentlich nur Kranke und Behinderte und habe damit ein gutes Auskommen. Und pendele zwischen soliden Adressen.

Einmal lässt Julius noch eine Bemerkung fallen, bevor wir am Hafencafe eintreffen.

Falls mir jemand etwas vom romantischen Reiz der Möweninsel in der Schlei vorschwärmen sollte, so möge ich bitte kein Wort glauben. Die Insel sei längst von Kormoranen, die hier eigentlich nichts verloren hätten, so wenig wie Touristen, totgeschissen.

Bartleby, höre ich mich beim Aussteigen sagen, sei keine Sehenswürdigkeit, sondern ein Hausboot, das heute an Brücke 4 anlege.

Das Trinkgeld für Julius habe ich schon am Bahnhof verschwitzt.

Ein pensionierter Landvermesser

flunkert, vielleicht

Ich beobachte den Mann schon seit einer Weile durch ein Bullauge.

Er trödelt und schlendert auf Brücke 4 auf und ab, wo die *Bartleby* vertäut ist. Die Dalben wurden eigens für unser Hausboot in den Hafengrund eingerammt.

Der Mann summt vor Leutseligkeit wie eine Überlandleitung in meiner Jugend, und er spricht mich an, sobald ich mich achtern zeige.

Das Boot ist neu hier, oder?

Es ist vorgestern an seinem Liegeplatz eingetroffen, bestätige ich.

Der Mann ist nicht mehr jung, schlank, jovial und gravitätisch zugleich, und seinem wohlwollenden Interesse ist ein scharfes Spurenelement beigemengt, etwas Beizendes.

Er nickt, mustert mich, die *Bartleby*, erwähnt halblaut, er sei bis zu seiner Pensionierung Landvermesser gewesen und kenne die Gegend gut. Für Liebhaber von Sagen, Legenden oder Anekdoten sei die Region eine Fundgrube; nicht nur Angler, Segler, Ornithologen und Fjordforscher fühlten sich von der Schlei angezogen. Wenn ich nichts dagegen hätte, redet der Landvermesser a. D. weiter, so überreiche er mir zur Begrüßung gerne eine Gemme aus dem Fundus der oralen Stadtstories, den *Schwank vom geschwollenen Radieschen*.

Meine vage Handbewegung kann alles Mögliche heißen. Der Mann auf der Brücke zögert nicht, sie für die Lizenz zum Erzählen zu halten.

Nicht weit von hier, jenseits vom Holm, im Ortsteil *Auf der Freiheit* an der kleinen Schlei, wo vormals das Militär residierte, ergatterte ein Geschäftsmann aus S. ein opulentes Wassergrundstück und lachte sich ins Fäustchen. Der Glückliche war in S. kein Unbekannter. Aber Unbekannte gab es, genau genommen, in S. gar nicht. Wer die Anonymität schätzt, sollte sich anderswo niederlassen.

In S., hier hat es an gutmütigem Spott noch nie gemangelt, trug der Wassergrundstücksgewinner den Spitznamen *Das geschwollene Radieschen*. Das kam so: Wegen diffuser Unterleibsspannungen hatte sich der Geschäftsmann vor langer, langer Zeit bei einem Radiologen im inzwischen längst abgerissenen Martin-Luther-Krankenhaus vorgestellt. Und der Radiologe, damals kurz vor dem Ruhestand, hatte in der Gesellschaft seiner Lionsbrüder ausgeplaudert, dieser Befund sei ihm in seiner ganzen Berufslaufbahn nie zuvor untergekommen: ein Lipom an der Peniswurzel! Das geschwollene Radieschen.

Ein Wassergrundstück *Auf der Freiheit*; das große Los. Aber der Investor hatte zu früh triumphiert. Die Stadt S. zog die schon in Aussicht gestellte Baugenehmigung zurück. Harte Grenzbebauung von allen Seiten. Zur Linken der SSC (SegelSwingerClub). Landwärts eine Hochzeitsranch im texanischen Stil. Rechts ein streng videoüberwachtes Gäste- und Tagungshaus der Amanda Stiftung. Kein Wegerecht, nirgends. Das geschwollene Radieschen konnte sein Gold- und Grundstück nur von der Wasserseite her erreichen.

Irgendwann nahmen uns die emporschießenden Brennnesseln die Sicht.

Und wenn er nicht gestorben ist, ernährt er sich noch heute von den Früchten seines Gartens.

Der pensionierte Landvermesser schließt den Mund und schaut mich erwartungsvoll an.

Doch meine Gedanken schweifen gerade ab, hinunter nach Barmbek-Süd. Ich denke über die Verlässlichkeit der Fee nach. Ob sie die Pflanzen auf dem Balkon hinreichend mit Wasser versorgt, wie sie es mit vollem Mund undeutlich versprochen hat, an einem Feuilleton kauend. Für eine professionell Literarische ein exotischer Job.

Seit Wochen verdorrt der Norden unter einer chronischen Gluthitze.

GESICHTSFELDBLUES

Manche fürchten es.

Manche hassen es.

Die meisten von uns Augenblöden hassen und fürchten es.

Wir alle sind Wahrnehmungssklaven des Perimeters, das uns die Verluste unseres Gesichtsfeldes erst vor das eine und dann vor das andere Auge führt und den Lichtblick als Wahn und Illusion decouvriert.

Wir Augenblöden kennen alle den freundlichen Wink der Augenarztgehilfin, in deren Stimme kein Arg liegt: Bitte in die Dunkelkammer.

Einige wollen auch schon den Zuruf gehört haben: Herr X., bitte in die Funkelkammer. Aber bei ihnen handelt es sich vermutlich um Phantasten oder Aufschneider.

Mit Mühe tastet sich der Augenblöde in dem kaum beleuchteten Raum, eher Abseite als Zimmer, zu einem Schemel vor dem Perimeter vor. Er setzt sich, die Gehilfin deckt ein Auge mit einer Piratenklappe ab. (Das wiederholt sich, erst rechts, dann links.)

Legen Sie bitte Ihr Kinn hier ab!

Kein Patient mag diese Aufforderung zu Ende denken. Schon dieser sanfte Imperativ könnte einen das Fürchten lehren, aber dafür bleibt im Moment keine Zeit. Man starrt, die Stirn an eine geschwungene Führungsschiene gepresst, einäugig auf einen noch erloschenen Monitor, und die Gehilfin drückt einem einen Handschmeichler mit eingelassenem Knopf in die Hand.

Drücken Sie, sobald und wann immer Sie etwas gesehen haben, instruiert einen die Gehilfin, und man hört genau, wie lange sie trainiert hat, um diesen optimistischen Unterton zu treffen.

Die letzten Helligkeitsreste versickern. Der Monitor des Perimeters beginnt zu schimmern. Der Apparat geht an die Arbeit, im Dienst der Gesichtsfeldforschung.

Lichtpunkte glimmen auf, groß und fett oder winzig und blass, im Zentrum oder an der Peripherie des künstlichen Firmaments, durch alle Quadranten vagabundierend. Und die bald schweißnasse Hand meldet per Knopfdruck alle Seherfolge. Quälend lange Pausen, in denen sich vermeintlich nichts zeigt. Das Bewusstsein zögert nicht, höhnisch auf einen einzureden: Jetzt bist du endgültig blind. Es dauert nicht lange, und der kategorische Zweifel, dass sich Wahrnehmung und Halluzination trennen und unterscheiden lassen, gewinnt die Oberhand. Bald darauf emanzipiert sich der Finger am Drücker panisch von Bewusstsein und Vernunft und übernimmt, meist der Daumen, das Kommando. In der wahnhaften Gewissheit, dass man nur den Drücker betätigen müsse, damit ein Lichtpunkt erscheine.

Sistema Perimetr, so heißt seit Sowjetzeiten und, daran müssen wir glauben, bis heute ein Mechanismus der atomaren Strategie Russlands, der, von U-Booten aus oder entlegenen Bunkern her, einen Vergeltungsschlag in Gang setzt, wenn Moskau schon vernichtet ist.

Sistema Perimetr oder auch *Tote Hand-System*.

Nur dass eine tote Hand nicht mehr schwitzt.

Wenn ich nach der Tortur vor dem Perimeter meinem Augenarzt von dem Wahrnehmungstumult in meinem Kopf berichte und auch meine Skepsis an den Befunden nicht verhehle, lacht er mir laut ins Gesicht.

Diese diagnosebegabte Maschine zu überlisten, gelinge mir nicht. Sie bemerke jede meiner taktilen Lügen und frage hartnäckig nach, bis die Wahrheit ermittelt sei.

Festliches Klischee mit Fäkalflecken

Unser erster Abend an Bord der *Bartleby* (noch ungetauft, aber an den Namen haben wir uns schon gewöhnt).

Windstille und ein Blutmond über der Schlei. Der Temperatur nach könnte es auch die Adria sein.

Wir trinken, was der Anlass gebietet: Champagner. Schluck für Schluck geraten wir ins Staunen und beginnen, uns fröhlich zu kneifen. In die Arme, in die Wangen fürs Erste. Sich selbst und gegenseitig.

In meinem Überschwang greife ich beinah zu einem Verb wie *frohlocken*. Aber es passt nicht zur Jahreszeit. Jetzt blühen die Blaualgen.

Kurz vor Mitternacht scheißt uns *Bartleby* an. U. betätigt arglos die Spülung der Toilette, und eine Schelle löst sich, die das Verbindungsrohr zwischen Fäkaltank und Abort fixiert hat. Ein Pisswassereinbruch, der uns mit einem Schwall die Stimmung verdirbt.

Eine Warnung womöglich. Niemand möge glauben, dass es sich bei *Bartleby* um ein devotes Hausboot handle.

Ein Vogelruf, draußen. Eher ein Kichern als ein Schrei.

Kormoranen habe ich seit jeher zugetraut, dass ihnen Schadenfreude nicht fremd sei.

Schlechter Witz aus zweiter Hand

Südwind herrscht vor.

Ein schwach motorisiertes Schlauchboot wird auf den Bug der *Bartleby* zugetrieben und durch leichten Gegenschub auf Abstand gehalten. Es dümpelt eine Weile in unserer Nähe, und wir verstehen jedes Wort, das dort gesprochen wird.

Ein Mann mittleren Alters sitzt am Steuer und redet auf eine andere Person ein. Diese Figur gibt uns Rätsel auf. Von der Statur eines schmächtigen Halbwüchsigen, ganz und gar in bunten Plüsch gehüllt. Ein Turban aus Algen auf dem Kopf. Es tropft und prunkt.

Teils Fjordpunk, teils Anarchospießer; ich starre dieses Wesen fasziniert an.

In einem Hafen, geht es mir durch den Kopf, sieht man sich wieder, und manche Begegnung lässt sich arrangieren. Dieser extravagante Schlauchbootpassagier facht meine Neugier an. Und er kommt mir diffus vertraut vor, als hätte ich schon einmal von ihm geträumt oder gelesen.

Der Mann am Steuer spricht manisch, ohne Pause. Ob der Plüschartige zuhört, ist schwer zu sagen.

Ich habe zufällig einen Stift in der Hand und schreibe mit.

Er habe, so der Mann am Steuer, kürzlich einem Bekannten ein Fahrrad geliehen. Und der Bekannte habe ihm das Fahrrad beschädigt zurückgebracht, mit einem Defekt an der Schaltung.

Zur Rede gestellt, habe der Bekannte sich so verteidigt: Erstens habe er sich überhaupt kein Fahrrad geliehen.

Zweitens sei das Fahrrad schon beschädigt gewesen. Und drittens habe er das Fahrrad heil zurückgegeben.

Ich lege den Stift beiseite.

Warum ich jetzt ausgerechnet an meinen Übergangsmantel denken muss, weiß ich nicht. Aber ich bin froh, dass ich ihn nie verliehen habe.

DIE ZEIT GEHT INS LAND

Wie man so sagt.

Während ich dasitze und von der *Bartleby* her auf die Schlei schaue – endlich sehe ich etwas gut! – bemerke ich plötzlich, dass der Redensart eine Richtungsangabe innewohnt.

Die Zeit geht vom Wasser her ins Land.

Jetzt jedenfalls. Für mich.

Die Zeit ballt sich über dem Fjord und schwappt gegen Stege, Brücken, Buhnen und Boote.

Der tote Aal: ein dahindümpelnder Zeiger, dem das Zifferblatt abhandengekommen ist.

Zugvögel fliegen auf und davon.

Aufbrausende *Tornados* kehren zu ihrem Fliegerhorst Jagel zurück.

Das Licht und die Wolken spielen, dass man neidisch werden könnte.

Die Schlei kokettiert mit ihrer Oberflächlichkeit.

Auch die Luftbildstaffel der *Nato Response Force* zeigt sich gelegentlich im Vorabendprogramm, vor dem Einbruch der Dunkelheit.

Wozu brauchen wir künstlerische Intelligenz.

Später zieht Nebel auf, und die sichtbare Welt verschwimmt.

Oben, unten, Himmel, Horizont, alles verliert seine Bedeutung.

Whiteout.

Starke Schwindelgefühle.

Die Zeit wird knapp.

Ich greife mir an die Schläfen.

An Bord der *Bartleby* mangelt es an nichts; auch die Koje ist komfortabel, einssechzig mal zwei Meter.

Nachts schlafe ich tief, von feiner oder derber Dünung eingewiegt und verschaukelt. Und im Wachschlaf höre ich gut. Die *Bartleby* kennt keine Nachtruhe. Von Zeit zu Zeit kollern, gurgeln oder ächzen unten im Rumpf verborgene Pumpen. Dann, an der Grenze des Hörbaren, ein Schmirgeln und Schaben, rhythmisch raffiniert. Was geht da im Dunkeln vor.

Manchmal wecken mich gedämpfte Schläge gegen die Bootswand, meist drei oder vier, eher ein zögerndes Klopfen als ein herrisches Einlassbegehren. Ein diskretes Signal, unheimlich in seiner dezenten Beiläufigkeit.

Treibt ein Fender, der sich nachts langweilt, mit uns seinen Schabernack? Nicht mehr als eine Vermutung; ich kann es nicht beweisen.

Ich zähle die Klopflaute, fasse mir an die Schläfen und fühle den Puls.

Dann schlafe ich weiter, du liebe Zeit.

NOPI

C., Fachmann für Folienbeschriftungen, beliefert uns regelmäßig mit Gesprächsstoff und Regionalgeschichten. Sein Fundus, vor allem an Skandalstories aus Schleswig, ist enorm. Manche mag es beruhigen, dass die meisten unerhörten Nachrichten aus der Stadt eher zum Sich Krank- als zum Sich Totlachen taugen.

Mit C. haben wir die Schrifttype ausgewählt, und er hat den Namenszug *Bartleby* professionell am Hausboot angebracht.

C., Phänotyp Sorgenwirt mit halbtrockenem Galgenhumor, habituell chronisch bekümmert, dass es als Ansichtssache leicht ins Komische umschlägt, wiegt nach eigenen Angaben keine fünfzig Kilogramm und spielt körpersprachlich immerzu mit der Möglichkeit des Verschwindens.

Kürzlich erwähnte ich C. gegenüber den Plüschartigen auf dem Schlauchboot. Wenn sich einer mit Phantomen und Erscheinungen in der Gegend auskannte, dann C.

Nopi!, lachte C. auf, das dürfte Nopi gewesen sein.

Mein erster Reflex war Abscheu. Diese Niedlichkeitsformen waren mir seit jeher verhasst. Da mochte einer gutbürgerlich Hans Nopilus heißen, und er wurde diesen Spitz- und Kosenamen aus der Kindheit nicht mehr los. Nicht nur Tischwäsche, Schürzen, Blusen, Hemden und Kochmützen lassen sich stärken, auch Namen behalten ihre Fasson durch spezifische Behandlung im Fixierbad mit Heimatstärke. Langzeit-Infantilismus! Heimatkunst versteht sich darauf, Zuhörer zu fesseln und Erinnerungen zu binden, wie andere Soßen auch.

Aber ehe ich C. meinen Unmut wegen Nopi spüren ließ, fiel mir ein, dass es sich vielleicht um einen Namen aus einer Indianersprache handeln mochte.

Ich beherrschte mich.

Nopi, erklärte mir C., sei ein aufgemotztes übergeschlechtliches Regionalgespenst von erschreckender Harmlosigkeit. Wenn es überhaupt etwas gäbe, das einen an Nopi das Gruseln lehren könnte, dann der Aufwand, den der personifizierte Kunstspuk mit seinem Outfit treibe.

Es zirkulierten Gerüchte, so C. weiter, dass der Investor Nopi sponsere, der den Schleswiger Bahnhof gekauft habe und mit seinen Plänen gescheitert sei, ihn in eine Eventlokation zu verwandeln.

Die Lärmschleppe eines *Tornados* im Tiefflug erstickte für einen Moment das Gespräch.

C. hob nicht einmal den Kopf.

Ich empfand eine Dankbarkeit, die sich selbst nicht ganz geheuer war.

In jüngster Zeit häuften sich die Stimmen, so nahm C. das Thema wieder auf, die behaupteten, Nopis Auftritte seien aggressiver geworden. Womöglich, so spekulierte man, weil die Veranstalter des Kunstfestivals NORDEN sich weigerten, Nopi einzuladen. Weder als Horrorpunk noch im Wettbewerb *Spoken Words*.

Eine plausible Vermutung, merkte C. lapidar an und begann zu zappeln. Plötzlich schien es der anekdotenreiche Folienbeschrifter eilig zu haben.

Fast hätte er vergessen, dass er in wenigen Minuten im DLO verabredet sei, entschuldigte C. seinen hastigen Aufbruch.

Was sollte das bloß sein, DLO?

Eine dänische Befreiungsorganisation?

Ich traute C. in seiner gelenkigen Schmächtigkeit aller-hand zu.

Ehe ich nachfragen konnte, war er verschwunden.

SCHLECHT GETRÄUMT, FALSCH ERLEBT

Warum Seoul?

Im Traum stellt sich diese Frage nicht.

Kann ich nach dem Traum noch behaupten, ich sei nie in Seoul gewesen?

Der Traum, oder sollte ich von einem Albtraum sprechen, in dem bei Lichte besehen wenig geschehen ist, spielte sich an Bord der *Bartleby* in mir ab, von den nächtlichen Klopfzeichen am Bootsrumpf gegliedert.

Meine Schwester forderte mich auf, sofort nach Seoul zu reisen; ob Drohung, Bitte oder Hilferuf, die Dringlichkeit des Kommandos war nicht zu überhören.

Sie erwarte mich, so meine Schwester, in einer Schulmensa, im Souterrain gelegen, unter einem Discounter für Kinderkonfektion.

Das genügte für eine Verabredung in Seoul.

Ist in dem Zuruf meiner Schwester von einem internationalen Turnier in *Kommando Pimperle* die Rede gewesen? Dem Pfänderspiel aus Kindheitstagen?

Noch bevor ich in Seoul eintraf, wachte ich einmal von einem synthetischen Knirschen in der Tiefe des Bootes auf. Und ich erinnerte mich: Man sitzt im Kreis. Feines Trommeln der Finger auf der Tischplatte. Kommando Flach! Kommando Faust! Kommando Hoch! Kommando Turm! Gute motorische Reflexe und Reaktionen sind gefragt, händischer Gehorsam.

Ein Mangel an Konzentration ist eigentlich nie meine Stärke gewesen. Schuldete ich meiner Schwester etwa noch ein nie ausgelöstes Pfand? Ging es bei dem Turnier in Seoul um eine Revanche?

Dann schlief ich wieder ein und träumte weiter.

Wie, genau, ich nach Seoul reiste, sparte der Traum aus.

Dass ich, ohne jede Adressangabe, mein Ziel verfehlen könnte, fürchtete ich im Traum keinen Augenblick lang. Navigation war heutzutage ein Kinderspiel, wie früher *Kommando Pimperle*.

Weil so viele Menschen auf den Straßen von Seoul unterwegs waren, fragte ich mich nach einer Weile, ob heute ein Feiertag war und die Schulmensa geschlossen. Dann schaute ich auf die Uhr: Viel zu früh, um sich Sorgen zu machen.

Einmal erhob sich in der näheren Umgebung flüchtig Applaus. Über einen Kanal war ein Seil gespannt. Eine Frau in Spitzenschuhen begann darauf zu tanzen. Sie sah meiner Schwester sehr ähnlich. Ein Knicks, ein knappes Lächeln ins Publikum. Dann kehrte sie um und an das andere Ufer zurück, eine Böschung aus Beton.

Währenddessen erwürgte unten am trüben Kanal von keinem beachtet eine Familie einen Schwan. Die Kinder fixierten den Vogel, die Eltern strangulierten ihn. Eine perfekte Arbeitsteilung.

Von diesem Familiengelände war es nicht mehr weit bis zum Ziel.

In dem Discounter für Kinderkonfektion erkundigte ich mich nach der Mensa.

Jemand gab mir einen Schubs, und ich glitt in einer Rutschbahn hinab.

Meine Schwester erwartete mich schon. Sie hatte fürsorglich Essensmarken aufgetrieben.

Mir schmeckte es hier nicht.

Mehr gab der Traum kurz vor Halloween nicht her.

Wenige Tage später starben bei einem unheimlichen Menschengedränge in Seoul mehr als einhundertfünfzig Personen. Zu Tode getrampelt, erstickt, an Herzstillstand. Was die Massenpanik ausgelöst hat, weiß bis heute niemand genau.

Nopis Verdacht

Ich habe den Müll zu den Containern hinter dem Hafencafe gebracht.

Als ich zur *Bartleby* zurückkehrte, hörte ich eine fremde Stimme an Bord. Hell, frech, manchmal mit Klicklauten unterlegt, als fielen Murmeln auf einen Marmorboden.

U. antwortete fröhlich.

Nopi stattete uns einen Antrittsbesuch ab.

Als er mich sah, sprang er von dem grünen Stuhl auf, den ihm U. angeboten hatte, und rief, seine Cousine Croni habe ihm schon viel von mir erzählt.

Schon wieder so ein Name, der mich auf die Niedlichkeitsfolter spannte.

Ehe ich nachfragen konnte, klärte mich Nopi auf: Mir habe es gefallen, seine Cousine Croni zur literarischen Fee zu stilisieren, worüber sich die ganze Familie amüsiere. Croni habe einen der begehrten Jobs im Außendienst des Literaturbetriebs zu ergattern; das sei alles.

Ich starrte Nopi an und überlegte, was ich von dieser Auskunft halten sollte. Mir fiel so schnell nichts Passendes ein, und ich wehrte alle Gefühle ab, die meine Überwältigung ausnutzen und mich in ihre Gewalt bringen wollten.

Was Nopis Gesamterscheinung betraf, die zwischen Kinderfasching und Kunstfigur oszillierte, sie trotzte mir einigen Respekt ab.

Algengnom und kleinwüchsiger Hafenritter, spindelflink und von schlagfertigem Mundwerk. Eine Art Poncho in Nuancen von Grün, phantastisch verbrämt und ausgeschmückt mit Plüsch und Tüll. Kunstvoll zerrissen. An einigen Stellen schimmerte es zinnoberrot durch.

Wenn Nopi sprach, konnte es geschehen, dass er vor Begeisterung tropfte. Welche Körperregion, genau, diese feingliedrige Nässe absonderte, war kaum zu ermitteln.

U. atmete schwer.

Als Nopi sich schon zum Gehen wandte, warf er leichthin ein, er staune, wie sehr wir Croni vertrauten. Sie sei nichts weiter als eine saisonale Aushilfe im Literaturbetrieb. Sie verstünde sich vielleicht auf Suggestivfragen und epigrammatische Einschüchterungen. Aber Blumen gießen? In Hamburg habe die Temperatur gerade die 40-Grad-Marke geknackt, und unser Balkon, so Croni kürzlich, sei eine Zumutung, denn er habe die Ausmaße einer urbanen Plantage. Vom Gießkannenprinzip habe Croni noch nie etwas gehalten.

Während er sich verabschiedete, redete sich Nopi in Rage.

Plötzlich fiel mir etwas ein.

DLO. Ob er mir sagen könne, was sich hinter dieser Abkürzung verberge?

Sicher, feixte Nopi, weder Untergrundbewegung noch Terrorgruppe.

Dead Letter Office.

Ehrenamtliche betrieben diese Agentur in einer aufgegebenen Fahrradwerkstatt am Rande von Schleswig.

Sie kümmerten sich um Briefe, die sich auf dem Postweg verlaufen oder verirrt hätten.

So schönes Wetter und ich

Fast ein Sommertag, Ende Oktober.

Die Temperatur ist mittags auf einundzwanzig Grad gestiegen, höre ich später in den Nachrichten.

Die Redensart vom Thermometer, das irgendwohin klettert, mochte ich noch nie leiden.

Gegen zwei verlasse ich das Haus, um unterwegs meine kleine anachronistische Spätsommerdividende zu kassieren.

Ich biege in die Elsastraße ein und halte an der Zufahrt zum Mesterkamp inne. Das Gelände diente einst als städtischer Busbahnhof. Jetzt ist es eine grob planierte Bauwüste, durch einen parallel zur Berthastraße verlaufenden Asphaltstreifen in zwei Teile gegliedert; so wartet sie auf die Ankunft von Menschen, Material und Maschinen. Bis dahin wird das weitläufige Ödland hin und wieder als Hundeerziehungshof genutzt. Gerade richtet eine junge Frau in Camouflage ihren mittelgroßen Mischling ab; Befehle und Belohnungen.

Ob der Kampfmittelräumdienst mit diesem Baugrund schon fertig ist?

Wegen des Hundes und seiner erziehungsberechtigten Flecktarnlady mache ich mir keine Sorgen.

Hier wohnte Marga Bernhardt. Geboren 1922. 1927 in die Alsterdorfer Anstalten eingewiesen. 1943 in die Ostmark verbracht. Heil- und Mordsanstalt „Am Steinhof" Wien. Ermordet am 6.1.1944.

Die Sonne scheint, die goldenen Steine prangen. Jemand muss sie kürzlich poliert haben.

*Uwe Oswald, geboren 1939, eingewiesen 1941. Ermordet
im Kalmenhof, vormals Idiotenanstalt Idstein im Hessischen.
Einst nassauische Residenzstadt.*

Sie kommen mir entgegen, eine Großmutter an Krücken
und ihr Enkelkind, ein Mädchen, vielleicht fünf. Es balanciert auf der niedrigen Einfassungsmauer vor der katholischen Sophienschule, die bald abgerissen werden soll.

Das Mädchen flüstert der Großmutter etwas zu, eine
Vermutung über mich.

Die Großmutter antwortet laut: Wir haben keine Heimlichkeiten. Das ist ein Herr. Er geht spazieren.

Ich stutze, denn die Auskunft erinnert mich an etwas,
das ich schon einmal gelesen habe.

Er gehörte zu den „Göttinger Sieben", die ihrem Landesherren im Dezember 1837 einen Verfassungsbruch
angekreidet hatten, Jacob Grimm. Die Konsequenzen:
Sofortige Entlassung von der Universität, Ausweisung aus
dem Königreich Hannover innerhalb von drei Tagen.

Mit einer lakonischen Notiz bezeugte Jacob Grimm,
was er erlebte, kaum dass er kurhessischen Boden betrat:
„Gib dem Herrn die Hand, er ist ein Flüchtling, sagte eine
Großmutter zu ihrem Enkel, als ich am 16. Dezember die
Grenze überschritten hatte."

So schönes Wetter heute, und ich sehe schon die nächsten goldenen Steine auf dem Gehweg an der Elsastraße
funkeln und blitzen, *Olga Wagner, Hans Podeyn*.

Auf dem Rückweg wäre ich fast auf die tote Taube
getreten. Sie liegt, als hätte eine Katze Maß genommen,
genau in der Mitte des Bürgersteigs an der Elsastraße, auf
der Höhe der Baustellenzufahrt Mesterkamp.

Das ehemals schmutzigweiße Gefieder schockgrau. Der Kopf chirurgisch präzise abgebissen.

Am Käfig vor dem Tore

Es war einmal ein Inlandsflug von Köln nach Hamburg, und ich zählte zu den Passagieren. Wir wurden zum Einsteigen aufgefordert. An der Gangway stieg plötzlich Getuschel auf. Irritiert schaute ich mich um und entdeckte sie unter uns Fluggästen, die Klitschko-Brüder.

Sie saßen in der Maschine hinter mir, Vitali und Wladimir.

Zum Zeitvertreib dachte ich mir Schlagzeilen aus, die morgen in den Zeitungen stünden, falls wir abstürzten.

Die Brüder redeten halblaut miteinander, in einem Tonfall herzlichen Einverständnisses und so innig, dass es mir unwillkürlich durch den Kopf ging, ihr gedämpftes Plaudern handle von etwas Märchenhaftem.

Keine Turbulenzen, keine Zwischenfälle; wir landeten wohlbehalten in Fuhlsbüttel.

Ich erinnere mich gut. Es liegt weit zurück.

Inzwischen läuft mir die Zeit davon und zum Tod über, wie ich vermute. Und ein Krieg wütet ganz in der Nähe. Er liegt mir täglich in den Ohren und bitter auf der Zunge. Wie redet man ihn an, wie spricht man ihn angemessen aus?

Manchmal kapituliere ich kurz vor meiner regressiven Phantasie und willige in die Vorstellung eines vermeintlich ritterlichen Spektakels ein.

Ein Kampfkäfig, aus dem es kein Entkommen gibt, von außen verschlossen, vor den Toren von Kiew.

Judoka und Kampfsportass Putin hat die Wahl, wer sein Gegner im Käfig sein soll: Vitali oder Wladimir.

Ist nicht Verschlagenheit ohnehin eine der wenigen mimischen Optionen, die der Präsidentenvisage, mit Botox fermentierter Teig, tiefgefroren, noch geblieben ist?

Und fühlte sich mein per Dekret altersloser Jahrgangskollege Putin nicht sogar geehrt durch diese Einladung zum Kampf, immerhin von ehemaligen Boxchampions ausgesprochen?

Ein letzter Kitzel für einen Präsidenten, der sich seine großrussische Langeweile nur noch durch Krieg zu vertreiben weiß?

Kurzum: Putin hat, was er sonst niemandem zugesteht, die Wahl: Wladimir oder Vitali.

Wer den Käfig bei Bewusstsein wieder verlässt, beendet den Krieg zu seinen Konditionen, sofort.

Wenn ich aus diesem Tagtraum hochfahre, empfinde ich gelegentlich Scham wegen meiner Bereitschaft zur Selbstinfantilisierung.

Sorgen über den Ausgang des Kampfes im Käfig vor den Toren von Kiew aber mache ich mir nie.

Verträumt und verpixelt

Etwas hat sich geändert. Wir bekommen in Barmbek-Süd neuerdings so viel Besuch wie seit langem nicht mehr.

Das Spektrum ist groß, ich könnte es verwirrend nennen, allein in der vergangenen Woche, beispielsweise: ein meist sehr wortkarger Kollege aus der Akademie, Sektion Baukunst; eine Großnichte aus der Uckermark, von der man in der Familie munkelt, sie sei schon mit ihren neunzehn Jahren eine erfolgreiche Finanz-Influencerin; der Klavierstimmer, der uns etliche Monate hat warten lassen; ein Versicherungsmakler, der wegen meiner in die Jahre gekommenen Rechtsschutzversicherung plötzlich und unaufgefordert anrief und auf einem Hausbesuch bestanden hat.

Was den Andrang der Gäste angeht, habe ich meine Vermutungen. Es hat sich herumgesprochen, dass im Stadthafen zu Schleswig unsere *Bartleby* liegt und einige wollen wissen, wie es sich auf einem Hausboot schläft und träumt.

Gut, gut, antworte ich bereitwillig, indes ich darüber spekuliere, ob die Nachfrage nicht eigentlich ein Vorwand sei.

Wer von den Besuchern sich ausschließlich für die *Bartleby* interessiert und wer in Wahrheit vor allem einen Blick auf Croni, die literarische Fee, erhaschen möchte, schwer zu entscheiden.

Croni hat sich inzwischen häuslich bei uns einquartiert, als gehörte sie längst zur Familie.

Ernährungstechnisch ist Croni nach wie vor genügsam. Sie frisst nichts als Papier, und eine Zeitung habe ich ohnehin abonniert. Die Essgewohnheiten der Fee einseitig zu nennen, wäre nicht ganz präzise. Für den Grundumsatz ihres Stoffwechsels benötigt sie mindestens den Wirtschafts- und den Sportteil. Abwechslungsreich trifft es aber auch nicht.

Manchmal ziehe ich Croni wegen ihrer strengen Zeitungsdiät auf und nenne sie eine geborene Klugscheißerin. Aber der Spott verfängt nicht.

Croni lacht hell auf, in ihren Ohren ist es wohl ein ungetrübtes Kompliment.

Gerade fällt mein Blick auf eine Meldung, und ich lese sie laut vor, ohne mir sicher zu sein, dass dieser deklamatorische Überschwang meine Absicht ist: In einer Tierdoku des staatlichen türkischen Fernsehsenders TRT wurden auf das Geheiß des Präsidenten die Geschlechtsorgane von Antilopen verpixelt.

Croni schmatzt vergnügt vom Sofa her.

Dann eröffnet mir die inoffizielle Untermieterin übergangslos, dass sie vermutlich bald von ihrem Posten abberufen werfe, falls sie die Andeutungen aus der Betriebszentrale richtig verstehe. Aber niemand wolle etwas überstürzen.

Ich lasse verblüfft die Zeitung sinken und schließe den Mund.

Nach einer Weile kann ich nicht länger an mich halten. Und die Frage?

Welche Frage, erkundigt sich Croni träge.

Die Frage, mit der du mich vor einigen Monaten überfallen hast!

Keine Ahnung, wovon du sprichst, sagt die Fee auf Abruf so strahlend arglos, wie es nur ein versierter Diplomat vermag.

Vielleicht hast du sie ja nur geträumt, die Frage.

Dann schnappt sich Croni die Beilage *Technik und Motor*, von der sie weiß, dass ich sie ohnehin ungelesen ins Altpapier gebe und beißt herzhaft zu. „*China lässt es krachen.*"

BLAU WIE BERNSTEIN

Croni sitzt auf dem Sofa und liest. Aber ein starkes mimisches Rumoren zeigt mir bald an, dass Croni nicht bei der Sache ist.

Etwas arbeitet in ihr. Etwas lenkt sie von der Lektüre ab.

Als Croni merkt, dass ich zu ihr hinschaue, lässt sie das Taschenbuch sinken und seufzt.

Der Sündenbock, ein Roman von Luise Rinser.

Von dieser Kollegin will ich schon lange nichts mehr wissen, und Cronis akuter Leseverdruss leuchtet mir sofort ein. Aber vielleicht täusche ich mich, und Cronis Übellaunigkeit rührt gar nicht von der Lektüre her. Sondern von dem süßsauren Mief, der aus dem geöffneten Taschenbuch entweicht. Für Croni stellt sich bei bedrucktem Papier zuerst und vor allem die Geschmacksfrage.

Wie ist es dem Buch so lange gelungen, sich in den Tiefen meiner Regale zu verstecken, frage ich mich konsterniert. Jede Gemeindebibliothek hätte es mir, mit dem Titel, begeistert abgenommen.

Unter L lacht Croni. Wir duzen uns doch heute alle.

Von meinem kleinen Gedankentumult verwirrt, begreife ich nicht gleich, wonach sich Croni als nächstes bei mir erkundigt.

Hältst du die Art, scharf an mir vorbeizuschauen, wenn du mit mir sprichst, für eine besonders raffinierte Form des literarischen Flirts? Glaubst du, wir Feen, ob im Angestelltenverhältnis oder nicht, seien aus dem Bezirk des Erotischen evakuiert, nur weil wir gelegentlich auch in Märchen oder Legenden jobben?

Da lebe ich nun, Cronis Suada schwillt immer weiter an, seit Monaten mit dir unter einem Dach und bin mir nicht einmal sicher, ob du meine Augenfarbe kennst.

Bernstein, werfe ich aufs Geratewohl ein.

Croni schweigt einen Moment lang still. Ob fassungslos wegen meiner Sehschwäche und Farbenblindheit oder verblüfft, weil ich ins Schwarze getroffen habe – keine Ahnung.

Dann nimmt ihr Redefluss wieder Fahrt auf.

Nicht dass ich sie falsch verstünde: Sie sei sehr dankbar, dass ich es während ihres Aufenthaltes hier nie versucht habe, die Nähe auszunutzen. Was sich in dieser Hinsicht die weisungsberechtigten Bonzen aus der Betriebszentrale tagein tagaus an Belästigungen erlaubten, an schmierigen Wortspielen oder afternahen Scherzen, möge besser unveröffentlicht bleiben, falls es nicht justiziabel sei. In die Jahre gekommene Zungenhelden, deren Anzüglichkeiten leicht ins Handgreifliche changierten. Besonders berüchtigt und gefürchtet bei den niedrigen weiblichen Dienstgraden seien die Herren von der Narrativ-Agentur DMBG. Unter denen, die dort das Sagen haben, seien auffällig viele kleine Männer. Je kleiner desto penetranter. Ein bündiger empirischer Befund unter uns Feen.

DMBG?, frage ich unsicher nach.

Die Menschen Brauchen Geschichten, klärt mich Croni auf.

Abermals eskaliert Cronis Mienenspiel; es schaut nach dem Versuch aus, durch meditatives Grimassieren zu äußerster Konzentration zu gelangen. Die zart vibrierende Fee bündelt ihre Blicke, als halte sie ihnen ein imaginäres

Brennglas vor. Schon spüre ich einen glühenden Punkt auf der Stirn, ein brennendes Interesse, das zu schmerzen beginnt.

Nur weil ich über und über tätowiert bin.

Croni spricht diesen Halbsatz mild, fast tonlos aus. Mit einer Stimme, die lange in Trauer eingelegt und mit Vorwürfen gebeizt ist.

Nur weil du tätowierte Frauen, ob beschriftet, bezeichnet oder ornamental ausgeschmückt, verachtest.

Nur weil du ein verdammter dermatologischer Analphabet bist.

Nur weil du dir als bornierter Idiot gefällst.

Croni lässt, jetzt in Rage, ihre Satzfragmente auf mich niederprasseln.

Was soll ich sagen, von meinem eigenen Gedankenlärm fast betäubt.

Ich verstehe sie gut, und ich verstehe sie gar nicht.

Solange man lebt, hört die Schuld nicht auf zu wachsen. Wie die Haare oder die Nägel.

Wie man gelegentlich seine Dankbarkeit nicht recht zu adressieren weiß, so fragt man sich manchmal nach der unheimlichen Ursache dieser unvermeidlichen Schuld.

Wie ich jetzt eben.

Es reicht, Croni, es reicht für uns alle. Ich könnte auch allerhand gegen dich vorbringen.

Der Duft von Handelsgold

Seit ein paar Tagen vermisse ich das Foto.

Es stand zuletzt, postkartengroß, schwarzweiß, in einem Rahmen aus hellem Holz hinter Glas, mit einem ausklappbaren Pappbügel auf der Rückseite, links von meinem Schreibtisch, auf der Typoskriptkommode.

Es zeigt meinen Großvater um 1960, vor der Villa in Klotzsche. Ein Sommerstück. Der Großvater ist kahlköpfig, wegen des Stahlhelms seit dem Ersten Weltkrieg, in den er mit siebenundzwanzig eingezogen worden ist. So lautet die Familienüberlieferung. Er ist im Halbprofil abgelichtet und sitzt auf einem Gartenstuhl, die Beine übereinandergeschlagen, den rechten Ellbogen auf einen kleinen Tisch gestützt. Zwischen den Fingern eine Zigarre der Marke *Handelsgold*. Links hinten die Silhouette der strauchgroßen Hortensie, unscharf. Um ihn vor dem Frost zu schützen, erinnere ich mich, wurde der Busch im Winter immer eingepackt und verschnürt.

So schönes Wetter; vielleicht herrschte gerade ein Azorenhoch vor, im Sommer dieses Fotos.

Auf den Azoren sah ich baumhohe Hortensien, die Landstraßen säumten. Etliche Jahrzehnte später. Aber auch das ist schon wieder lange her.

U. teilt meine Verwunderung, dass das Foto plötzlich verschwunden ist, und sie kann mir über seinen Verbleib nichts sagen.

Als ich mich bei Croni erkundige, räumt die Fee freimütig ein, dass sie die Aufnahme von ihrem Platz auf der Kommode entfernt und gut versteckt habe. Unerträglich, dieses Herrenzimmeraroma, selbst im Garten. Ihr sei übel geworden von dem Gestank der Zigarre des alten Mannes. Sie habe die Gesellschaft des paffenden Greises nicht länger ertragen.

Und das aus dem Mund der Stumpenraucherin Croni!

Des alten weißen Mannes, ergänze ich trotzig. Nur weil es mein Großvater sei, müsse sie kein Blatt vor den Mund nehmen.

Die Pietät gilt ihr vermutlich als ein Fremdwort mit sieben Siegeln.

Croni fixiert mich streng und ernst.

OH, VATI, VATI! ODER WARUM IST DIE GEGENWARTSLITERATUR SO SCHLECHT?

Eine Literaturbeilage zum Advent.

Hinter jedem Fenster ein Buch. Oder umgekehrt.

In meiner Kindheit war es die Hochsaison der Sättigungsbeilagen.

Seite 1, der Aufmacher, ist ganz und gar einem Fundstück gewidmet.

Ein Roman, um 1952 im Osten Deutschlands von einer glühenden Jungkommunistin, neunzehn, geschrieben. Die Protagonistin, eine an Liebe zum Kommunismus der Autorin in nichts nachstehende Schülerin, denunziert aus historischer Notwendigkeit ihren Englischlehrer bei der Schulleitung. Die Schülerin namens Eva findet, ein charismatischer Reaktionär, ein Zyniker, der den antifaschistischen Widerstand für obsolet erklärt und einem Schlussstrich der Geschichte das Wort redet, verdiene es nicht, hier, wo bald der Sozialismus blühe, ein Lehrer zu sein.

Nur ein großformatiges Farbfoto der Autorin, um 1955, gebietet der Textfülle auf Seite 1 ein wenig Einhalt.

1955, das liegt für mich jenseits der Erinnerungsgrenze. Aber es soll mir, dem für ostzonale Verhältnisse unverschämt wohlgenährten Kind, kein einziges Mal gelungen sein, aus dem Laufgitter zu fliehen. So kolportiert es die Familiengeschichte.

Hochinfektiös, der sozialistische Realismus. Gesinnungsfuror und behäbige Plotseligkeit. Der Rezensent unterrichtet uns über die blutjunge Autorin als Panerotikerin, ob Männer oder Kommunismus. Und seine weitschweifige

Nacherzählung, die auch die anmutige Geschichtsapotheose nicht scheut, kommt der Stillage des Romans vermutlich sehr nahe. So heißt es in der Besprechung, der aus guten Gründen denunzierte Lehrer „verlässt die junge Republik und ihre Ideale". Um als Studienrat in Hamburg (sic!) anzuheuern.

Wie einfach das damals war, denke ich, nicht zum ersten Mal, fast neidisch.

Die Autorin schaut mich vom Foto her unverwandt an, die laszive Unschuld vom Arbeiter-Und-Bauern-Lande. Proletarisch-bukolische Sinnlichkeit.

Eine ärmellose Bluse, strahlend weiß. Weinrote Kittelschürze, in der Farbe des stark aufgetragenen Lippenstiftes. Dunkles Haar; kräftige Augenbrauen. Ein Zopf, unter der rechten Schulter neckisch eingekräuselt. Er korrespondiert mit der geschwungenen Stirnlocke. Eine Stehlampe, dezent unscharf, rechts von der Porträtierten.

Inzwischen weist mich der Rezensent auf eine Stelle des Romans hin, wo Protagonistin Eva, frustriert von der unverbesserlichen Fortschrittsblindheit des Englischlehrers, ein Foto ihres Vaters betrachtet und etwas seufzt, das sich nur im Zitat angemessen wiederholen läßt : „Oh, Vati, Vati! Und auch für diesen Mann bist du gefallen–"

Wer, frage ich mich, während ich konsterniert auf diesen Adventsliteraturbeilagenaufmacher mit seinem einfältigen Retroschick starre, beginnt freiwillig ein Buch zu lesen, wo solche Sätze auf ihn lauern?

Schon überlege ich, dass ich diese Zeitungsseite später wie zufällig auf dem Sofa liegenlassen könnte. Mal sehen, ob Croni anbeißt.

Dann wende ich das Blatt und beginne zu studieren, was auf der Rückseite des Aufmachers abgedruckt ist. Hier wird ein Buch vorgestellt und besprochen, das von einer sich selbst tragenden Diktatur ohne Diktator handelt, von der authentisch kapitalistischen Herrschaft des Midcults in allen Bezirken der erzählenden Literatur. Populärer Realismus ist, paraphrasiert der Rezensent das Buch, das er bespricht, was sich im Liegestuhl oder jeder Hängematte so von selbst wegliest und auszahlt. Ballaststoffarme Lektüre; man fühlt sich für kleines Geld. Maßvolle intellektuelle Stimulation inbegriffen.

Das Buch, das die Kolonialisierung der alphabetisierten Welt mit den Mitteln der lustvollen Selbstunterwerfung darstellt und ausmalt, kulminiert, so lese ich es in der Besprechung, in der These: „Was immer sich von selbst verstehe, sei ‚kein würdiger Gegenstand von Literatur.‘"

Halleluja! Es werde Licht!

Dieses Zeitungsblatt, begreife ich nun, ist sorgfältig und mit einer gewissen Neigung zu subversiver Ironie komponiert.

Oh, Dialektik des Advents! Oh, Dialektik der Literatur- und Sättigungsbeilage! Lehr-, Nähr- und Mehrwert, alles hat zwei Seiten und steht auf einem Blatt.

Hie der sozialistische Realismus: edle Einfalt und kurzer Prozess. Das Tellergericht garniert sein historisches Urteil mit einigen wenigen welken Salatblättern. Da sein populärer großer Bruder, die narrative Weltmacht: eine weitläufige literarische Wellnessanlage, von mehrsilbigen Heilschlammangeboten bis zur onomatopoetischen Animation mit Entspannungsgarantie.

Gegen Abend stellt mich U. zur Rede.

Hinter meinem Rücken habe Croni sie angefleht, ob sie eine Scheibe Zungenwurst aus dem Kühlschrank naschen dürfe. Sie, Croni, sei den ewigen Zeitungsfraß leid.

Zungenwurst!, wiederholt U. und schaut mich finster an. Wieso befindet sich Zungenwurst in unserem Kühlschrank?

GLOSSE ZUM FEST

Wir schenken uns nichts!

Diesen Satz habe sie sowohl schon von U. als auch aus meinem Mund gehört, sagt Croni und lacht glockenhell.

Um Zeit zu gewinnen, lache ich eine Weile mit.

Festwärts und nicht vergessen, trällert Croni vor sich hin, unverschämt gut gelaunt und in bester Kalauerverfassung.

Ich muss, warum auch immer, an die Naturdoku denken, die gestern im Fernsehen lief. *Rentiere auf sehr dünnem Eis.*

Sie habe kürzlich lange mit Cousin Nopi über uns gesprochen, fährt die Fee fort. So leutselig wie heute ist sie mir noch nie vorgekommen.

Er habe ihr einige sehr interessante Gesichtspunkte zu bedenken gegeben. Hinsichtlich ihrer literarischen Versuchsperson.

Damit kann nur ich gemeint sein.

Meine Nachfrage, wie und wo sie sich mit Nopi im Gespräch ausgetauscht habe, überhört Croni.

Etwa diese Vermutung, so Croni weiter: Wer so sentimental seine Zuneigung zu Büroklammern erkläre, wie ich es einst getan habe, der sei dringend verdächtig, im Keller Übergangsmäntel zu horten.

Mich, ihre Spielfigur, habe Cousin Nopi während der Unterredung übrigens konsequent als *Der Papierwirt* rubriziert. Oder *Dein Papierwirt.*

Ziemlich einleuchtend, bekräftigt Croni.

Ich bin erleichtert, dass mich der krude Cousin nicht bezichtigt hat, ein Geizkragenfetischist zu sein. Das wäre wirklich eine Verleumdung gewesen.

Übergangsmäntel lasse ich mir, seit jeher ein Transitfreund, gefallen.

Als das Verwünschen noch geholfen hat, flüstert Croni melodisch, plötzlich einer Elegie nahe.

Cousin Nopi, plaudert Croni weiter, stehe in dem Ruf, ein äußerst findiger Geschäftsfilou zu sein, mit fein ausgebildetem Gespür für Stimmungen und jahreszeitliche Bedürfnisse. Derzeit, so behaupte er jedenfalls, floriere sein online-Handel mit authentischen Verwünschungen.

Deshalb habe sie vorhin den Gassenhauer angestimmt.

Als das Verwünschen noch geholfen hat.

Eine leise singende Fee auf Abruf.

EGON, HORST UND EINIGE ANDERE, AUCH ICH

In dieser dunklen Jahreszeit gönne ich mir, um nicht in meinem Alter noch ein Kind von Traurigkeit zu werden, hin und wieder eine Scheibe Zungenwurst. Aus genau diesem Grund trank Erich, wie wir aus seiner Autobiografie wissen, in seiner Jugend ab und zu ein Glas Bier.

In den letzten Tagen hörte ich mehr als einmal, etwa bei zufälligen Begegnungen mit Nachbarn im Treppenhaus, dass in den umliegenden Supermärkten der Senf knapp werde und gelegentlich gar nicht lieferbar sei. Ich bin, nicht nur als Zungenwurstnaschkatze, alarmiert und besorgt.

Den flüchtigen Gedanken, in der Kunsthalle anzurufen und vor potentiellen Senfattacken zu warnen, verwarf ich wieder. Hoffentlich muss ich mir später keine Vorwürfe machen.

Ich schaue in unsere Vorratsschublade. Noch ist keine Senfmangellage zu erkennen.

Leider unfähig zu festem Winterschlaf, verwandle ich mich abends mitunter in meinen eigenen Fernsehhund. Wenn ich nicht aufpasse, fresse ich mir aus Versehen selber aus der Hand. Ich döse mit halb geschlossenen Augen vor dem Bildschirm und warte auf ein Leckerli. Und es ist noch nicht lange her, dass einer der Gäste von Markus beiläufig einen Brocken hinwarf, den ich sofort aufschnappte. *Reichsbürger*! Er plädiere dafür, so der Gesprächsteilnehmer in Markus' Runde, den Begriff *Reichsbürger* zu ächten und aus der Rhetorik des Alltags zu evakuieren. Vermutlich törichter Idealismus, dieses Begehren, das wisse er selbst.

Aber der Begriff *Reichsbürger* sei von dem Rechtsextremisten Horst erfolgreich im Umlauf gebracht worden. Wessen Ohren nicht auf Adolf abonniert sind, für den klinge der Begriff *Reichsbürger* nach Märchen und Ritterlichkeit, nach guter Ordnung. Eine perfide semantische Maskerade! Er, so Markus' Mann fürs Investigative, sei jahrelang undercover in diesem Milieu unterwegs gewesen. Mit seinem rhetorischen Coup habe Horst einen massiven Euphemismus etabliert und nobilitiere viele braune bewaffnete Arschlöcher, ob der Schuss nun nach hinten losgeht oder nicht.

Wie gut ich dieses Vergeblichkeitsgefühl kenne!

Nur ein Idiot rennt gegen einen umgangssprachlich längst eingebürgerten Begriff an, ohne darüber zu vergessen, wie idiotisch er sich gerade benimmt.

Benutzt jemand in meiner Gegenwart die vermeintlich harmlose Vokabel *Wende* und meint damit, was sich 1989/1990 in Deutschland ereignet hat, so beginne ich zu knurren. Ich kann nicht anders. Es steigt aus den Eingeweiden auf. Egon!, herrsche ich den erschrockenen Plauderer an, der gerade ohne böse Absichten die Wende im Mund geführt hat.

Egon, sprudelte es aus mir heraus, habe diesen Begriff in die Welt gesetzt. *Wende*, wie niedlich sich das anhört. Ein läppischer Schlenker der Geschichte, der sich bald korrigieren lässt. Ein kleiner Umweg der Historie, die ja gesetzmäßig gar nicht anders könne, als bald wieder auf den leuchtenden, glühenden Pfad zum Ziel zurückzukehren.

Beide Leader, die da, deren in den lebensweltlichen Wortschatz eingeschleusste Begriffe rasch Karriere gemacht haben, stammen aus dem Osten. Egon aus Kolberg, Horst aus Haynau, Provinz Niederschlesien. Dort wurden sie im Abstand von wenigen Monaten geboren. Schon als Kind durfte Egon in dem berühmten Film *Kolberg* mitspielen, als Statist. Ein früher Fingerzeig der historischen Notwendigkeit auf einen Erwählten.

Und noch eine Gemeinheit, Gemeinschaft oder Gemeinsamkeit von Egon und Horst: Beide sind rechtskräftig verurteilt, wegen Totschlag, Volksverhetzung, Holocaustleugnung, um nur einiges zu nennen. Beide saßen oder sitzen ein; aber das schadet weder der *Wende* noch dem *Reichsbürger.*

Reichsbürger ruhen nicht, bis sie den deutschen Wortschatz erbeutet und in ihrer Burg geborgen haben.

Manche Leute, nicht nur zertifizierte *Reichsbürger,* verschwören sich, bis die *Wende* wackelt.

Das wird man ja wohl noch schreiben dürfen.

Kriminelle Agitationshalunken streuen ihr Begriffsgift aus, geschmack- und geruchlos, verbale Mikroplastikklumpen.

Sollte ich die da – wer spricht heute noch von Männern – mit Bedacht Halunken nennen? Während ich mich das frage, erschrecke ich. Ist diese selten vorkommende Vokabel dafür nicht viel zu schön? Für die da?

Das findet Jürgen auch. Und weil er befürchtet, das Wort *Halunke* sei vom Aussterben bedroht, hat er es sich auf den Unterarm tätowieren lassen.

Lang lebe Jürgen.

Und ewig lockt die Zungenwurst.

Das Butler-Ding oder Ende einer Ära

Silvester, vormittags gegen elf, läutet es an der Wohnungstür.

Was für ein scheußlicher erster Satz vom letzten Tag im Jahr. Ich erwartete nichts und niemanden. Aber elf Uhr ist eine gute Zeit für Überraschungen.

Mit einer Geste, die den leicht verwackelten Anspruch auf historische Bedeutung für sich reklamiert, händigt mir der Postbote ein Telegramm aus.

Wirklich: ein TELEGRAMM.

Zum letzten Mal habe ich im Spätherbst 1985 ein Telegramm empfangen; wovon es gehandelt hat, behalte ich für mich.

An Frau Dr. Croni Leonore Keller-Mann

c/o W. Hegewald.

SENF ZUM DESSERT STOP KUSS UND SCHLUSS N

Auf dem Weg in mein Arbeitszimmer, wo sich Croni aufhält, lese ich das Telegramm, als sei es an mich adressiert. Meine Skrupel sind träge, und mein Gewissen beißt mich zumindest nicht. Ob das für die Harmlosigkeit der Nachricht spricht, kann ich nicht sagen.

Croni grimassiert, wie meist zu dieser Tageszeit. Sie selbst spricht von Artikulationsgymnastik.

Frau Dr. Keller-Mann!

Sind die ebenso verschlungenen wie weitschweifigen Tätowierungen auf Cronis Haut womöglich Teil ihrer Promotionsschrift? Ein externes hieroglyphisches Register? Ausweis und Manifest einer Neobeuysianerin: Jeder ist ein Experte? Und ich nicht nur augenblöde, sondern auch mit hermeneutischer Blindheit geschlagen?

Für das Telegramm scheint sich Croni kaum zu interessieren. Sie überfliegt es, legt es beiseite und schaut mich lange und prüfend an.

Warum, fragt mich Croni und seufzt so tief, als sei diese Sorge um mich von ihrem Herz abgesplittert, warum diese Mühe mit jedem einzelnen Satz? Sie beobachte mich und mein Tun nun lange genug. Mühsal und Plage auf der täglichen Satzbaustelle. Bewegungsarmut und keine Aussicht auf einen garantierten Mindestlohn, nach ihren Recherchen. Haltungsschäden, Bewusstseinsverschleiß und Neuronenarthrose. Von dem chronischen Verlust an Lebenszeit ganz zu schweigen. Und wer dankt dir das?

Vermutlich, so Dr. Croni, sei die Grenze zwischen Enthusiasmus und Wahn fließend.

Oder ob ich ihr etwa mit dem Butler-Ding kommen wolle?

Plötzlich schlägt Leonores Tonfall um, ins beißende Spöttische.

Samuel Butler, schon mal gehört? Der Typ, von dem die Auskunft überliefert sei, er schreibe, damit er im Alter etwas zu lesen habe.

Ich schüttele den Kopf und fuchtele heftig, um diese Unterstellung zurückzuweisen.

Ich bin doch bereits alt, Croni Leonore. Und was ich geschrieben habe, kenne ich. Warum sollte ich es jetzt wieder lesen wollen?

Ein Telegramm, faucht Dr. Keller-Mann, während sie sich abwendet und mir den Rücken zukehrt, wer sie kenne, wisse, dass sie mit dem Expressionismus nie etwas am Hut gehabt habe. Das werde ihr N noch büßen, verfilzt und mit Waldhonig eingerieben.

Mich würdigt Dr. Keller-Mann jetzt keiner Antwort mehr.

Ein Frosch ohne Schatten

Ein Anpassungskünstler und Meister der Camouflage, der mit seiner Unsichtbarkeit spielt und so seinen Fressfeinden ein Schnippchen schlägt. Er ist in den Regenwäldern Mittelamerikas beheimatet. Ich habe von ihm gelesen.

Fleischmann's Glasfrosch verfügt über zwei spezielle Tarntechniken, die das geläufige chamäleonhafte Farbgeplänkel als läppisch erscheinen lassen. Wenn es gefährlich wird, simuliert der Glasfrosch seine Unsichtbarkeit, indem er es vermeidet, dass seine inneren Organe einen Schatten werfen. Das gelingt ihm einerseits durch eine das Sonnenlicht reflektierende Membran, die seine Organe einhüllt. Doch damit nicht genug. Der Glasfrosch ist imstande, seine Durchsichtigkeit innerhalb weniger Sekunden um das Zwei- bis Dreifache zu steigern, indem er sein Blut aus den filigranen Bahnen in die Leber schickt und dort einbunkert. Das Volumen der ihrerseits durch den Reflektorüberzug verborgenen Leber kann sich um bis zu vierzig Prozent vergrößern. Nachts, wenn der Glasfrosch aktiv wird, kehrt das Blut aus seinem Versteck in der Leber in die Adern zurück.

(Für die Nachrichten über den Glasfrosch der Art *Hyalinobatrachium fleischmanni* danke ich Herrn Joachim Müller-Jung. Ob Frau Dr. Croni Leonore Keller-Mann in Kontakt mit Herrn Müller-Jung steht, weiß ich nicht. Aber es wunderte mich nicht.)

Bald darauf träumte ich von dem Glasfrosch. Dichtes petrolfarbenes Blattwerk; ich könnte es undurchdringlich nennen. Da saß er. Ich blinzelte ihm zu, aber er nahm mich nicht ernst. Diffuse Urwaldgeräusche; der aus Tierfilmen geläufige Soundtrack des Dschungels. Ein Kolibri trainierte. Im Hintergrund schmatzte jemand.

Kaum dass ich aufgewacht war, begann ich zu grübeln. Ist der Leib des Glasfrosches, den ich eben noch gesehen habe, transparent gewesen? Sobald ein Glasfrosch sich bewegt oder unter Stress gerät, verliert er seine physiologisch inszenierte Unsichtbarkeit.

Dass es jemanden stressen könnte, bei mir im Traum zu Gast zu sein, dieser Seitengedanken kam einer narzisstischen Kränkung nahe.

War also der mir erschienene Glasfrosch durchsichtig oder nicht? So sehr ich mir auch den Kopf zerbrach, ich war mir nicht sicher.

An der Traumrealität *Frosch* indes gab es keinen Zweifel. Was blieb, war die mich quälende Frage: durchsichtig oder undurchsichtig? Jemand musste es wissen.

Plötzlich änderten meine Gedanken ihre Richtung, und eine hinreißende Idee flutete mein Bewusstsein: ein amphibischer Gottesbeweis! Um nichts Geringeres handelte es sich bei der unentscheidbaren Frage nach der Transparenz des Glasfrosches in meinem Traum.

Wer es nicht glauben mag, nehme den ornithologischen Gottesbeweis zur Hand, den ein Kollege vor Jahrzehnten veröffentlicht hat.

Eine neue Fremdsprache

Croni und ich, wir haben seit Tagen kaum ein Wort gewechselt. Warum, darüber kann ich nur spekulieren.

Winterlethargie, Kriegsmüdigkeit, Medikamentenmangel, Klimadepression, sucht euch eins aus.

Die literarische Gouvernante wirkte in letzter Zeit fahrig und verschlossen. Wieso hielt ich sie einst für eine Fee? Bereitete sich Frau Dr. Keller-Mann innerlich auf ihren nächsten Einsatz vor? Wenn sie bei mir eine Mission zu erfüllen hatte, welche sollte das gewesen sein?

Ich verkniff mir die Frage, ob sie schon wisse, wohin sie nun abkommandiert werde und ob sie abermals die Methode des prosaischen Hausfriedensbruches wählen würde.

Um Croni aus der Reserve zu locken, berichtete ich ihr von einem neuen Coup des türkischen Präsidenten. Er hatte einen Fernsehkanal mit einem dreitägigen Sendeverbot belegen lassen. Weil sich eine Sprecherin durch die Art, wie sie die Nachrichten vortrug, der mimischen Terrorunterstützung schuldig gemacht habe.

Croni lachte nicht.

Ich begann mich darüber zu ärgern, dass ich mich diffus verpflichtet fühlte, die missmutige Besatzerin aufzuheitern.

Ohne ein Wort über die türkische Medienepisode, den schwarzen Kanal, zu verlieren, stierte Croni finster vor sich hin.

Wenn sie es auf ein Schweigeduell anlegte, bitteschön. In dieser Disziplin bin ich nicht so leicht zu schlagen.

Mein Ablenkungsmanöver mit der staatsgefährdenden Nachrichtenpantomime beachtete Croni gar nicht.

Sie habe, sagte sie, in den Morgenstunden der letzten Tage die Prosastücke gelesen, die ich während ihres Aufenthaltes bei uns so vor mich hingekritzelt habe. Als notorischer Langschläfer hätte ich sie regelrecht zu diesem Zeitvertreib eingeladen. Und die Frist laufe ab. Sie verlasse mich bald.

Ich hatte die Vorzeichen also richtig gedeutet.

Ob nicht früher aufstehen sollte, wer über einen Rest von professionellem Ehrgeiz verfüge, das mochten andere beurteilen, knurrte Croni. Sie klang, als sei sie nicht ganz bei der Sache. Wie auch die Frage, ob dieses lässige Fingerspiel auf einer Tastatur am späten Vormittag als Arbeit gelten könne.

Aber, so Croni weiter, sie mache mir nach der Lektüre ein Angebot, einen Vorschlag zur Güte; ich könne es auch als eine Art Aufwandsentschädigung für das ihr gewährte Wohnrecht während der vergangenen Monate betrachten. Und es gehe schließlich nicht zuletzt um ihren guten Ruf. Kurzum, sie übersetzte meine Prosa zum Abschied gern in einfache Sprache. Gewiss nicht zu meinem Nachteil.

Es reicht, Frau Dr. Keller-Mann, es reicht.

Den Einfall, ihr mit dem zusammengeknüllten Wirtschaftsteil meiner Zeitung von heute das Maul zu stopfen, verwarf ich sofort wieder.

AUF UND DAVON

Die Tiefenschärfe der Traumbilder setzte mir auch nach dem Aufwachen noch lange zu.

Ich befinde mich in einer prächtigen Stadt, mit Platanenalleen, Boulevards und Arkaden. In dieser Stadt, weiß ich im Traum, mündet ein großer Fluss in einen anderen, nicht minder mächtigen.

Kurz nach der Ankunft habe ich mich plötzlich verlaufen und halte panisch nach U. Ausschau, mit der ich unterwegs bin. Ein freundlicher, aber leider sehr unscharfer Passant bietet mir an, ich könne es ja einmal mit seiner Brille versuchen. Ich gehe auf einer Uferpromenade dahin, und da erinnere ich mich wieder, dass ich ein Handy habe und U. anrufen kann. Erleichtert greife ich in die Innentasche meiner Lederweste. Als ich es herausziehe, rutscht mir das antiquierte Mobiltelefon aus der Hand und fällt ins Wasser. Ohne zu zögern, springe ich hinterher. Das Handy bekomme ich nicht zu fassen. Geistesgegenwärtig drehe ich mich auf den Rücken und lasse mich in der Position *Toter Mann* treiben. Die Strömung sorgt dafür, dass die Aussichten nicht gar so monoton sind. Ein energischer Schwimmer nähert sich mir. Als er aufgeschlossen hat, stellt er seine Bewegungen ein, wechselt seinerseits in eine komfortable Rückenlage und beginnt ein Gespräch.

Wer so leicht verschwimme, schreibe vermutlich noch mit der Hand.

Darauf antworte ich nicht.

Er sei Rechtsanwalt, stellt sich der Mitschwimmer vor, ohne einen Namen zu nennen, und auf der Flucht vor seinem vierjährigen Sohn. Aus taktischen Gründen habe er den Wasserweg gewählt.

Dann schweigt er eine Weile; ich auch.

Das Wasser ist gar nicht so kalt, wie ich zuerst befürchtet habe.

In seiner Freizeit, redet der neben mir diskret plätschernde Anwalt weiter, beschäftige er sich gelegentlich mit Fragen der Sprache und des Geschlechts. Warum es, beispielsweise, *der* Gast und *die* Geisel heiße.

Eine Bischöfin im Ruhestand zieht auf einem Stand-Up-Paddle-Board fröhlich an uns vorüber. Sie winkt und ruft uns zu: Ihr habt es bald geschafft! Friede sei mit euch.

Dieser Tage, so der Rechtsanwalt an meiner Seite, schärfe er sich immer aufs Neue ein, was ihm eine Mandantin aufgetragen habe. Frau Dr. Keller-Mann, die er bald vor Gericht vertrete. Sie habe Anzeige wegen Verleumdung gestellt. Wenn er die Klage bei der Verhandlung begründe, so die Mandantin, möge er seinen Vortrag durch rhetorische Pausen gliedern und *kurz lachen*. Das beeindrucke die Richterin angeblich sehr.

Traumriss.

Ich befinde mich auf einer Anhöhe, einem künstlichen Hügel, als Aussichtsplateau aufgeschüttet in dem spitzen Winkel, wo sich die beiden Ströme vereinigen. Ein Pavillon in chinesischem Stil. Ein riesiges Aquarium in Gestalt eines Zylinders, voller Goldfische. Allerlei Sitzgelegenheiten.

Dass ich vor Nässe triefe, fällt niemandem auf. Schon beginnen Kinder, unbefangen in den Pfützen zu plantschen und zu toben, die sich um meine Füße bilden.

Dann fliegen die Goldfische auf. Sie formieren sich im Innern des gläsernen Zylinders, schwimmen Runde um Runde gegen den Uhrzeigersinn, beschleunigen synchron, schießen durch die Wasseroberfläche schräg in die Luft. Es dauert nicht lange, da hat der dunstige Stadthimmel die Phalanx verschluckt.

Wenn Paul Klee das noch hätte erleben dürfen, sagt jemand halblaut hinter meinem Rücken.

Nicht ganz bei Trost

Wenn ich morgens allmählich erwache, wenn sich mein Bewusstsein auf das Streulicht eines Wintertages einzustellen beginnt, halte ich die Augen noch eine kleine Weile geschlossen und versuche, meinen vom Schlaf trägen Verstand zu überreden: Heute liegt Schnee. Über Nacht hat es geschneit.

Ein alltäglicher Irrtum. Eine chronisch enttäuschte Sehnsucht.

Meine Aussichten sind nicht ganz bei Trost.

Als ich ein Kind war, lag Klotzsche in jedem Winter tief verschneit da, weiß vermummte Häuser, besänftigtes Gelände.

Es mangelte damals in jener Gegend weder an Schnee noch an Russen.

Der Schnee fiel vom Himmel.

Die Russen waren in einer Kaserne jenseits des Rheumainstituts stationiert; die militärische Anlage glich einer Festung.

Manchmal begegneten wir ein paar abgerissenen Sowjetsoldaten in der Heide, wenn wir mit dem Schlitten zum Prießnitzgrund zogen. Armes, verschlagenes, gedemütigtes Volk. Ihre Scheu war vielleicht nicht geringer als unsere Furcht, denn sie hatten sich vermutlich unerlaubt von der Kaserne entfernt. Es geschah, dass uns einer der Russen ansprach und eine Uhr zum Verkauf feilbot. Das Armband eine Art Panzerkette en miniature, aus klobigen Goldgliedern. Zeit und Gold, alles falsch. Dabei riskierte der Russe nicht wenig, denn der Kontakt zur einheimischen

Zivilbevölkerung war den Angehörigen der sowjetischen Streitkräfte verboten.

Im tief verschneiten Wald vergaßen wir rasch wieder, was wir gerade erlebt hatten, spätestens beim Rodeln.

Es mochte in der sechsten Klasse gewesen sein – Klasse 6b, genau gesagt –, da meldete ich mich und erklärte mich bereit, in der *Gesellschaft für Deutsch-Sowjetische Freundschaft* das Amt des Kassierers zu übernehmen. Es war der harmloseste Posten weit und breit. Und wer ihn innehatte, den konnten die Kommunisten nicht länger damit nerven, dass er sich nicht für Fortschritt, Frieden und Völkerverständigung engagiere.

Ach, wie mir der Schnee fehlt.

Jeden Morgen zögere ich es länger hinaus, die Augen aufzuschlagen.

Duell der Zitate

Es ist Ende Januar.

Es schneit nicht.

Schau mich genau an. Ich werde jetzt verschwinden.

Dass sich Frau Dr. Keller-Mann ankündigungslos von einem Tag auf den anderen verabschieden würde, damit habe ich nicht gerechnet. Ende einer Dienstreise. Besonders traurig bin ich nicht, aber gespannt, denn ich sehe es Croni an, dass sie noch etwas im Schilde führt.

Die Fee trägt, eine Winterprovokation, einen Pelzmantel, blaubraun gefleckt, mit Einsprengseln in hellstem Beige. Ich tippe dilettantisch auf Blaufuchs. Der Pelz verleiht ihrer Erscheinung eine gewisse Fülle. Wo hat Croni diesen Mantel in der Wohnung vor mir versteckt? Wie ist er überhaupt hierhergekommen? Bei ihrer Ankunft hatte sie ihn nicht am Leibe; sonst wäre sie noch weicher gefallen.

Ob der Pelz echt ist, kann ich nicht erkennen. Das mögen die Leser entscheiden. Womit ich vor allem die Leserinnen meine. Also das Gros der Leser.

Handelte es sich um ein täuschend echtes Imitat, um so besser. Es ersparte Croni und mir als mithaftendem Gastgeber einigen Ärger.

Allein schon der Erfolg mit fünfzig, sagt Croni, überdeutlich artikuliert, das ist wie Senf, der zum Nachtisch gereicht wird.

Fünfzig? Erfolg?

Ehe ich einen Gedanken fassen kann, höre ich mich schon antworten.

Nie ist mein Senf besser, als wenn ich ihn nicht dazugebe.

Als literarischer Bauchredner bin ich seit jeher ziemlich schlagfertig.

Aber da hat sich Frau Dr. Keller-Mann schon verkrümelt.

Was bleibt, ist etwas Zeitungskonfetti. Stoffwechselspuren der Frankfurter von gestern.

NACHWORT

Ja, das tolldreiste Ding mit der Fee … Dazu und generell
zu meinem alten Freund und Kollegen Wolfgang Hegewald
kann ich nicht schweigen, diesmal weniger denn je. Weil
ich mich schuldig fühle, na, zumindest mitschuldig –
daran, dass „eines Montags 11:36 Uhr" eine Fee (die, wie
meine, auf die ich gleich zu sprechen kommen werde, nicht
im Geringsten landläufigen Vorstellung von einer solchen
entsprach, aber doch netter aussah als jene, die mich so
nachhaltig verstört hatte) in der Wohnung des Freundes
erschien und sich dort und schließlich sogar in diesem,
seinem jüngsten Werk niederließ.

Die ursprüngliche, nicht ganz unerwartet solch verwegene
Prosa stiftende Geschichte begann wie folgt: Etwa sechs
Nächte vor dem 30. September 2021, an dem ich in der
Hamburger Akademie der Künste Hegewalds *Tagessätze*
vor- und ihm einige Fragen stellen durfte, hatte mir eine
Fee geträumt, die jener, die sich hernach etwa ein Jahr bei
Hegewald einnistete, allerdings weder äußerlich noch vom
Wesen her ähnelte und auch gleich wieder verschwand.

Meine böse Fee, eine zerzauste, schwingen- und krallen-
bewehrte, glutäugige Gestalt, deren gelbem Geierschnabel
Schwefeldämpfe entwichen, hatte mich umstandslos zu einer
Entscheidung genötigt. „Ab heute", bellte sie, „darfst du
nur noch eins, lesen oder schreiben. Ich zähle von zehn
bis eins." – So weit, so identisch die Ansage meiner Fee
und die der andern, die, seinem *Senf zum Dessert* zufolge,
Freund Hegewald in die Zange zu nehmen versuchte.

Ich hatte meine höllenhündische Fee gefürchtet und, da sie mir keinerlei Bedenkzeit gestattete, allzu schnell gestammelt: „Dann lesen. Lass mich bitte wenigstens weiterhin lesen!" Die Fee begann grinsend herunterzuzählen: „zehn, neun, acht …" Ich zitterte und schwitzte und wollte meine Antwort korrigieren, denn mir war eingefallen, dass Schreiben ja schließlich das ist, womit ich das Geld für die ständig steigende Miete und all die schweineteuren Zigaretten verdiene, die mich hoffentlich bald erledigen würden. Aber als ich stotterte „lieber doch schreiben", war die Schwefeldampfumwehte schon bei eins angelangt und im Begriff, zu verduften – oder eher zu verstinken.

Da ich den blöden Traum nicht vergessen konnte und sich die Gelegenheit bot zu ermitteln, was er gewählt hätte, erzählte ich ihn Wolfgang Hegewald auf der Hamburger Akademie-Bühne während der obligatorischen halben Fragestunde, die den Abend beschließen sollte.

Seine Antwort, die buchstäblich kam „wie aus der Pistole geschossen", machte mich für einige Sekunden sprachlos. Er nämlich dachte gar nicht daran, sich zwischen Lesen und Schreiben zu entscheiden, sondern erklärte rundheraus, dass er die Fee K.o. geschlagen, ihr also schlichtweg das Maul verboten hätte.

Damit, dass sich mein eigentlich zurückhaltender, sanftmütiger Freund in solch einer Situation, selbst wenn die nur geträumt wäre, derart brutal aus der Affäre ziehen würde, hatte ich nicht gerechnet, auch nicht damit, dass er Wochen später ebenfalls Besuch von einer dieser „übergriffigen" Feen bekäme, die „kursierenden Gerüchten" zufolge „seit einiger Zeit mit Fangfragen unterwegs" seien, und am wenigsten damit, dass er, den ich einen Moment lang versucht war, in *He! Gewalt!* umzubenennen, seiner Fee auch noch Einlass in derart fabelhafte Prosastücke wie die nun vorliegenden gewähren würde. Doch genau das ist geschehen; und ich bin, besonders in Anbetracht des Resultats, stolz darauf, dass ich einmal, wenigstens dieses eine Mal als Inspiratorin wirken durfte. Oder kommt dies Verdienst eher einer jener „Außeralltäglichen" zu, die unsereins offenbar auf Anweisung einer dubiosen kulturpolitischen Instanz oder einfach aus Langeweile der Reihe nach behelligte?

Wer oder was zuerst da oder bei der oder dem war, Ei oder Huhn, meine oder seine Fee, sei dahingestellt. Die ganzkörpertätowierte, Stumpen rauchende Fee der „Zungenwurstnaschkatze" Hegewald jedenfalls hat, wie ihr Cousin Nopi, „ein aufgemotztes übergeschlechtliches Regionalgespenst von erschreckender Harmlosigkeit", im Hafen an der Schlei preisgibt, einen akademischen Titel; sie hört, wenn sie hört, auf den putzigen Namen Croni. Frau Dr. Croni Leonore Keller-Mann, mal mürrisch, mal vorlaut, mag die stabile Seitenlage und Zeitungspapier und ärgert gerne Balkonpflanzen. Dass ihr unfreiwilliger Gastgeber und die „Klugscheißerin", die ja in der Tat nichts größeres als FAZ-Konfetti ausscheidet, sich unverbrüchlich liebgewonnen hätten, lässt sich nicht behaupten, aber man hat sich im Laufe vieler Wochen wohl doch aneinander gewöhnt; und so fällt der Abschied nicht sonderlich schwer, zumal diese „Diva" oder „Zofe", auch da entscheidet sich ihr querulatorischer Schützling oder Komplize oder Meister nicht, am Ende etwas gekränkt ist, denn er schlägt ihr Angebot, seine subtil-artistischen Texte in

„einfache Sprache" zu übersetzen, schnöde aus. – Na, das alles haben Sie ja selbst gelesen.

Eine Frage, die mich von Seite zu Seite mehr beschäftigte, mag ich mir nun aber nicht länger verkneifen: Was für ein Buch wäre entstanden (oder kommt das noch?), wenn Freund Hegewald die Fee nicht bloß in eine gottlob vorübergehende Ohnmacht befördert, sondern versehentlich totgeschlagen hätte? Womöglich ein auf die täglich grotesker, skurriler, absurder anmutende Realo-Wirklichkeits-Spielwiese imaginierter Comic-Krimi, in dem ein übles, nein, völlig ungenießbares Gerüchte-Gericht, bestehend aus literaturbetriebs- und sonstigem Gelichter, unseren manchmal eben doch reizbaren Schrift- und Feenfallensteller zur Rechenschaft zieht für dessen Freveltat an einer der ihren? Würde er, bei „Barmbecker Leitungswasser" und trocken Brot (sonntags mit einer Scheibe Zungenwurst garniert) eine mindestens zwölfmonatige Gefängnisstrafe verbüßend, seine launischen Wärter um Stift und Block anbetteln, um zu tun, was er immer und unter allen Umständen tut? Ließe er zu, dass ich und andere Hegewald(in)ianerInnen vor dem Knast demonstrierten, Transparente schwenkend: „Freiheit für jeglichen Hegewald!"? Und natürlich frage ich mich, ob sich nicht genau diese, schwerer als fiese Feenfragen wiegende, Gewissensfrage auch im Kopf unseres Lieblingsautors zu einer düsteren Prosawolke verdichtet haben könnte, schon während ihm noch jene 2022er Jahreserlebnisse zu schaffen machten, die uns gerade als *Senf zum Dessert* serviert wurden?

So oder so; ich freue mich bereits jetzt auf Hegewalds nächste Hegewälder, wie Rotkäppchen auf den Wolfgang, denn lebensgefährliche Wildwuchsdschungel sind und werden das vermutlich nicht, eher raffiniert arrangierte Baum-, Strauch- und Tiergärten, voll von jenen Überraschungen, die das Umherstreifen, das Lesen, das Schreiben, das Gast- und das Senf-dazu-geben ihm bescheren, nur damit er sie dann uns bescheren kann. Mein Naphthalinsicheres Lektüremotto für alle Sozio- und Biotope dieses Wörtersammlers, Unsinnsuchers, antiaufmerksamkeitsdefizitären Einfallspinsels, ... lautet: Reinfinden immer, rausfinden nie!

Katja Lange-Müller

Bibliografische Information der Deutschen Nationalbibliothek
Die Deutsche Nationalbibliothek verzeichnet diese Publikation
in der Deutschen Nationalbibliografie; detaillierte bibliografische
Daten sind im Internet über http://www.dnb.de abrufbar.

ISBN: 978-3-96258-174-9
1. Auflage 2024, © PalmArtPress, Berlin
Alle Rechte vorbehalten

Umschlagbild: Ulrike Greve, *Kurzer Prozeß*, Mischtechnik auf Papier, 2020
Gestaltung: Catharine J. Nicely
Satz: NicelyMedia
Druck: JBconcept
Hergestellt in Europa

Ganz im Sinne der Nachhaltigkeit wurde diese Publikation
auf FSC-zertifiziertem Papier klimaneutral gedruckt.

PalmArtPress
Verlegerin: Catharine J. Nicely
Pfalzburgerstr. 69, 10719 Berlin
www.palmartpress.com

Aus dem Programm von PalmArtPress

Ulrich Horstmann
Schwermutmacher– *Gedichte und Aphorismen*
ISBN: 978-3-96258-095-7
Kurzprosa/Lyrik, 144 Seiten, Hardcover, Deutsch

Bianca Döring
Der Regen pengte ins Gras – *und andere solche Geschichten*
ISBN: 978-3-96258-149-7
Kurzprosa, 134 Seiten, Hardcover, Deutsch

Wolfgang Kubin
102 Sonette
ISBN: 978-3-96258-104-6
Lyrik, 132 Seiten, Hardcover, Deutsch

Yang Lian
Erkundung des Bösen
ISBN: 978-3-96258-128-2
Lyrik, 86 Seiten, Hardcover, Deutsch

Michel Deguy
Wär nicht das Herz
ISBN: 978-3-96258-091-9
Gedichte, 100 Seiten, Hardcover, Nachwort: Jean-Luc Nancy
deutsche Übers.: Leopold Federmair

Ingolf Brökel
Zeitenwunde
ISBN: 978-3-96258-158-9
Lyrik, 76 Seiten, Hardcover, Deutsch

Antonio Machado
Einsamkeiten, Galerien und andere Gedichte
ISBN: 978-3-96258-117-6
Lyrik, 130 Seiten, Hardcover, Deutsch

Fritz Bremer
Das Ungewisse ist Konkret – *Gedichte und andere Texte*
ISBN: 978-3-96258-071-1
Fragmente einer Biografie, 200 Seiten, Hardcover, Deutsch

Gad Kaynar-Kissinger
Höchste Gefahr
ISBN: 978-3-96258-165-7
Lyrik, 90 Seiten, Hardcover, Deutsch
Aus dem Hebräischen: Liliane Meilinger

Johannes Balve
Kirschblüte in Fukushima
ISBN: 978-3-96258-175-6
Roman, 350 Seiten, Hardcover, Deutsch

Elisabeth Schneider
Nach dem Wassertag
ISBN: 978-3-96258-145-9
Roman, 350 Seiten, Hardcover, Deutsch

Fawzi Boubia
Hegel. Philosophie der Ausgrenzung
ISBN: 978-3-96258-166-4
Essay, 80 Seiten, Klappenbroschur, Deutsch

Cornelia Becker
Rückkehr der Hornhechte
ISBN: 978-3-96258-151-0
Lyrik, 100 Seiten, Hardcover, Deutsch

Frank Hahn
Brennendes Treibeis
ISBN: 978-3-96258-118-3
Roman, 380 Seiten, Hardcover, Deutsch

Manfred Giesler
Fug und Unfug
ISBN: 978-3-96258-153-4
Lyrik, Dramolette, 120 Seiten, Klappenbroschur, Deutsch

Carmen-Francesca Banciu
Ilsebill salzt nach
ISBN: 978-3-96258-130-5
Roman, 320 Seiten, Hardcover, Deutsch

Patricia Paweletz
Herzbruch
ISBN: 978-3-96258-131-2
Roman, 192 Seiten, Hardcover, Deutsch

Wolf Christian Schröder
Fünf Minuten vor Erschaffung der Welt
ISBN: 978-3-96258-113-8
Roman, 320 Seiten, Hardcover, Deutsch

Wolfgang Hegewald

wurde in Dresden-Klotzsche geboren. Er studierte Informatik und Ev. Theologie in Dresden und Leipzig. Am 24. September 1983 Ausreise aus der DDR. One Way Ticket Leipzig–Hamburg. Zehn Jahre freier Autor; Prosa und Hörspiel. Seit 1993 Schriftsteller im Öffentlichen Dienst: Er hob das „Studio Literatur und Theater" an der Universität Tübingen aus der Taufe und leitete es. Von 1996 bis 2018 Professor für Poetik, Rhetorik und Creative Writing am Department Design der HAW Hamburg. Erfinder des Italo Svevo Preises im Jahr 2000. Mitglied der Freien Akademie der Künste Hamburg und des PEN Berlin. Gelegentlich ausgezeichnet, etwa beim Ingeborg Bachmann Wettbewerb in Klagenfurt, 1984. Stipendiat in der Villa Massimo Rom, 1987/88. Jüngste Veröffentlichung: „Tagessätze – Roman eines Jahres", Göttingen 2021.

Hegewald lebt in Hamburg und auf einem Hausboot namens BARTLEBY auf der Schlei.